U0522989

阿西莫夫太空冒险小说
THE COMPLETE ADVENTURES OF LUCKY STARR

金星阴谋

Lucky Starr and the Oceans of Venus

JINXING YINMOU

[美] 艾萨克·阿西莫夫 著
顾 备 译

接力出版社
Publishing House

桂图登字：20-2019-040

Lucky Starr and the Oceans of Venus
Copyright © 1954 by Isaac Asimov
Introduction Copyright © 1985 by Nightfall, Inc.
Published by arrangement with Doubleday & Co., Inc.
This Simplified Chinese edition was published by Jieli Publishing House., Ltd. in 2022
Simplified Chinese edition arranged by Andrew Nurnberg Associates International Limited
ALL RIGHTS RESERVED

图书在版编目（CIP）数据

金星阴谋 /（美）艾萨克·阿西莫夫著；顾备译. —南宁：接力出版社，2022.1

（阿西莫夫太空冒险小说）

ISBN 978-7-5448-6577-7

Ⅰ.①金… Ⅱ.①艾…②顾… Ⅲ.①幻想小说－美国－现代 Ⅳ.①I712.45

中国版本图书馆CIP数据核字（2021）第225206号

责任编辑：马 婕 陈 楠 郭 城　　美术编辑：许继云 周才琳
责任校对：张琦锋　　责任监印：刘 冬　　版权联络：金贤玲
社长：黄 俭　　总编辑：白 冰
出版发行：接力出版社　　社址：广西南宁市园湖南路9号　　邮编：530022
电话：010-65546561（发行部）　　传真：010-65543210（发行部）
http://www.jielibj.com　　E-mail: jieli@jielibook.com
经销：新华书店　　印制：河北鹏润印刷有限公司
开本：890毫米×1240毫米 1/32　　印张：6.25　　字数：115千字
版次：2022年1月第1版　　印次：2022年1月第1次印刷
定价：39.80元

版权所有　侵权必究

质量服务承诺：如发现缺页、错页、倒装等印装质量问题，可直接向本社调换。
服务电话：010-65545440

赠言

纪念玛格利特·莱塞和部门里的所有女孩

作者小传[1]

艾萨克·阿西莫夫1920年出生于苏联[2],三年后他的父母移居美国。八岁时,他正式成为美国公民。

他在布鲁克林长大,在当地的公立学校接受教育,最终想办法进入哥伦比亚大学求学,并在克服了学校行政处的种种陈规的刁难之后,取得了一系列化学系学位证书,其中最高学历为博士。随后,他偷偷混进波士顿大学,继续攀登学术阶梯,将所有愤怒的议论抛诸脑后,直到发现自己成为生物化学系教授。

他在九岁那年邂逅了人生中第一本科幻杂志,于是在不知不觉中找到了他这一生中的真爱。十一岁,他就已经开始创作科幻小说。十八岁,他终于鼓足勇气投出一稿。嗯,被拒了。

---

[1] 这篇小传是阿西莫夫本人于1985年所作。——编者注
[2] 此处遵从原文Soviet Union。——编者注

经过整整四个月的痛苦和煎熬,他终于创作出第一部被出版社认可的小说。从那以后,艾萨克就再也没有回过头。

1941年,他在二十一岁的时候创作出经典短篇科幻小说《日暮》,这使他的前途一片光明。在那之前不久,他就开始创作他的"机器人系列";之后不久,他就开始了"基地系列"的创作。

再往后,除了不断出版作品,还有什么别的吗?截至今日[1],他已经出版了超过260本书,其著作遍布杜威图书分类系统[2]的每一个主要门类,而且其写作速度迄今为止依然没有减缓的趋势。他始终朝气蓬勃,活力四射,永远令人着迷,每一年都越来越英俊潇洒。你肯定会认同这个观点,因为是他自己写了这篇短文,而他对绝对客观的忠诚是臭名昭著的。

他与精神病专家兼作家珍妮特·杰普森结了婚,而他的前一段婚姻为他留下两个孩子,他们如今住在纽约。

---

[1] 本篇作者小传为阿西莫夫本人所写,文中的"截至今日""如今""迄今为止"等表述是基于作者写作本文时的时间(1985年)。——编者注
[2] 也作"杜威十进制图书分类法",是在全球各地图书馆广泛使用的分类法,将所有学科分为10组,每组分配100个数字进行图书分类。——编者注

自序一

那是在1951年,双日出版社觉得,基于某个贯穿故事始终的角色,为年轻人写一本科幻小说,对我来说可能是个好主意。他们希望把故事改编成节目,放到电视上播出,这在那个年代还是相当新奇的。当时的人们还不明白,视觉与声音的结合会以可怕的速度毁掉大量的节目。那时候他们依然以为,电视仅仅是广播的延伸,而在广播中最受欢迎的节目仍将持续受欢迎数十年。

这本小说对标的广播节目是《独行侠》。在双日出版社看来,如果创造出一个戴着未来风格面具的"太空游侠",那这个电视节目就可以无限期地持续播下去,因为不论任何演员由于任何原因退出,都可以由新演员取而代之。戴着面具,谁能分辨得出来这两个人有什么区别?

我有点不大情愿。我怀疑电视会把我写的所有东西都变成垃圾，我可不想让我的名字与此产生任何关联。双日出版社说："用笔名吧。"于是，我就照做了。刚听说康奈尔·伍尔里奇[1]故意选择了一个国家名作为自己的笔名，变成了"威廉·艾里什[2]"，我想：太好了！就这样，我的笔名变成了保罗·弗伦奇[3]。

然后，我就写了《火星毒素》。然而，在第一本书出版后不久，大家就意识到，上电视是不可能的。我一点儿也不伤心，只是继续写书。我接着写了《行星海盗》，以及《金星阴谋》。

随着时间的推移，只有一件麻烦事。不幸的是，我写完这些书的时候，恰逢天文学家们开始使用雷达、卫星和探测器作为研究行星的方法，结果发现，他们曾经自以为对行星的了解，有很大一部分需要修改。我在写这些书的时候，很自然地接受了20世纪50年代早期的天文知识，而我所设计的情节很快就被新知识的洪流所淹没了。

我无法改变那些情节，一改就等于进行全新的创作。而这些书，除了部分科学内容有些过时，依然算是相当有趣的冒险故事。因此，我所能做的就是指出哪些情节里采纳了如今看来不再正确的科学知识。

---

[1] 小说家，代表作有《死后》《三点钟》等。——编者注
[2] 艾里什（Irish），即"爱尔兰"。——编者注
[3] 弗伦奇（French），即"法兰西"。——编者注

自《火星毒素》问世以来，我们已经发送探测器掠过火星，后来还将一个探测器放置在环绕火星的轨道上，甚至在1976年将探测器降落在火星地表。我们现在知道火星地表的具体细节了，一如我们看清了月球地貌。近一个世纪以来，一直有个颇为流行的观点（大多数天文学家并不认同），认为火星上有运河，还有一个强大文明的遗迹——我曾利用这个极具戏剧性的可能设计了我的剧情——可探测器表明这些都是错误的。

火星上没有运河。相反，那里存在的是陨石坑、巨大的火山和宽阔的峡谷。大气密度只有地球的百分之一，而且几乎全都是二氧化碳。温度与南极洲差不多，也没有迹象表明，在这个星球上曾经存在任何高等生命体。事实上，这里几乎没有任何生命体存在过的明显迹象。

在读《火星毒素》的时候请牢记这一点。我不希望任何读者被误导，以为我对这个星球的描述符合20世纪80年代的观念；也不希望他们以为我想象不出更好的点子，才非要假设火星上有运河。

《行星海盗》表现得还不错，因为迄今为止还没有什么关于小行星的新发现足以破坏这本书里面的任何剧情。

然而，对《金星阴谋》而言，新的天文发现把我给毁了。这本书出版后没过几年，天文学家们就发现（就连他们自己也大吃一惊），金星比他们想象中的要热得多。金星表面的温度，无论在哪里，都远远高于水的沸点，因此不存在什么金星海洋。

金星灼热的大气密度约是地球大气的九十倍，而且几乎都是二氧化碳，甚至云层中也不是普通的水，而是硫酸溶液。你根本无法想象这是一个怎样的世界，其大小与地球如此相近，在其他方面却存在如此可怕的不同。当你读《金星阴谋》时，只要记住，你所读到的是一个神话中的行星，而非现实中存在的那个。

太糟了，可这是天文学家的错。他们为什么不一开始就不弄错呢？

自序二

写完"阿西莫夫太空冒险小说"六部曲前三本书的时候,我已经非常厌倦保罗·弗伦奇这个笔名,讨厌到完全不忍直视。我记得有个评论家(他早已彻底被人遗忘),所有我写的书他都十分不喜欢,却在一篇评论中称赞了保罗·弗伦奇的一本书。哈哈哈,我回信告诉他,保罗·弗伦奇就是艾萨克·阿西莫夫。

随后,那些发现保罗·弗伦奇就是艾萨克·阿西莫夫的人会这样说:"艾萨克·阿西莫夫是位受人尊敬的生物化学系教授,他不希望被人认出,才用笔名保罗·弗伦奇写科幻小说。"

你们不知道,这让我感到多么愤怒和沮丧。除了"阿西莫夫太空冒险小说"六部曲之外,我所有的科幻小说都是用真名署名的。我以科幻小说为傲,无意用笔名来掩盖自己在这方面的付出。

然而，这样的状况，我无法改变，或者我认为自己无法改变。于是，我又以保罗·弗伦奇这个笔名写完了剩下的三本：《水星光能》《木星实验》和《土星审判》。

但我开始拼命地在后三本小说中展现艾萨克·阿西莫夫的科幻小说风格。那时，所有人都知道我专门研究科幻神秘故事，因此我完全丢弃了"太空骑警"的痕迹，着重强调书中的神秘故事，甚至提到了众所周知只有我才会用的"机器人三定律"。

在"阿西莫夫太空冒险小说"六部曲的最后一本写完后，其他工作的压力迫使我终止了更新。最终，当平装书出版商决定推出他们自己编辑的版本时，我深吸了一口气，说："除非把我的真名写在书上，我才同意出版。"他们确实做到了。此后，这一系列的许多版本，无论是精装还是平装，出版时都印上了"艾萨克·阿西莫夫以保罗·弗伦奇为笔名之作"。谢天谢地。

我希望自己能轻松处理六部曲中的科学"事实"。不幸的是，在这三本完全写完和出版后，随之而来的科学进步彻底改变了我们对这些行星的认知。

比如，《水星光能》的情节是基于水星始终是同一面朝向太阳这一事实而架构起来的。在长达七十五年的时间里，天文学家们也是如此认为的。然而，在1965年，也就是这本书出版后的第九年，天文学家却发现水星并非一直是同一面向着太阳。事实上，它旋转得很慢，所以每个部分都有白天和夜晚。

所以，读这本书时，请牢记这一点，并假装读的是另一个存在于20世纪50年代的水星。

其次，来说说《木星实验》吧。从1973年起，人类对木星系统进行了诸多探索。探测结果让我们知道，木星被一个巨大而强烈的磁场包围着，磁场内积聚了大量的高能带电粒子。宇宙飞船遇到这些带电粒子时，飞船上的人很难甚至不可能不被杀死。

更重要的是，我们还知悉了以前不知道的一些关于卫星的细节。例如，木卫一是个活火山星球，火山不断喷发，硫黄遍布整个星球；木卫二上覆盖着冰川，（也许）下面是个液态海洋；木星还有其他的小卫星，比木卫五离木星更近。但在20世纪50年代，这些我根本猜想不到。

相比之下，《土星审判》中的一些科学事实在一定程度上幸存了下来。但20世纪70年代末和80年代初的探测结果显示，土星环由成千上万个环构成，非常复杂。此外，土星环里还有一些小卫星，但天文学家从未在遥远的地球上看到过。如果把这些都写进书里，再描述土卫一上那个几乎摧毁了整个卫星的巨大的陨石坑是因碰撞而形成的，将会非常有趣。但那时——除非纯粹碰运气——我完全无法猜到这些科学进展。

无论如何，我相信你们会喜欢这些故事，只要体谅它们是写于20世纪50年代，基于当时的天文知识。

THE COMPLETE ADVENTURES
OF LUCKY STARR

1	穿越金星的云层	*001*
2	在海里的穹顶屋中	*013*
3	酵母！	*023*
4	埃文斯被控告！	*035*
5	"当心海水！"	*047*
6	为时已晚！	*057*
7	问询	*071*
8	追踪埃文斯	*083*

目 录

9	海洋深处	*093*
10	巨大的肉身	*105*
11	到海平面上?	*115*
12	返回城市?	*125*
13	思想碰撞	*135*
14	思想之战	*145*
15	敌人?	*157*
16	敌人!	*169*

1
穿越金星的云层

大卫·斯塔尔和大块头约翰·琼斯从 2 号无重力空间站跳起来，飘向闸门向他们敞开的飞船。尽管穿着航天服，身躯看起来厚重又奇怪，但他们长期在无重力环境下行动，所以动作依然非常优雅。

大块头弓起背往上飘浮，伸着脖子凝视着金星。他的声音通过航天服的无线电通信设备传到大卫的耳朵里，显得很响亮。"天哪！你看到那块岩石了吗？"五英尺二英寸[①]高的大块头看到这幕情景，激动不已。

[①] 1 英尺约合 0.3 米，1 英寸约合 2.5 厘米。——本书脚注如无特别说明，均为译者注

大块头出生在火星,并在这里长大,从未如此近距离接触过金星。他习惯了红色的行星和那些岩石小行星,甚至也去过蓝绿相间的地球,但金星上却纯粹是一片灰白。

金星占据了大半个天空,距他们所在的空间站只有两千英里①,另一端还有个空间站。这两个空间站是飞往金星的宇宙飞船的接收站,在三个小时的旋转周期内追着金星运行,彼此就像小狗永远追着自己的尾巴咬一样。

尽管这两个空间站距金星很近,但金星表面什么都看不到:没有大陆,没有海洋,没有沙漠和山脉,也没有绿色的峡谷,只是一片纯白,闪光的白色,点缀着不断移动的灰色线条。

这片白色是金星上空永远盘旋着的白色云层,云团相遇和碰撞的边界就形成了灰色的线条。水蒸气在云团交界处往下沉,沉入灰色线条下,在金星看不见的表面上下起雨。

大卫说:"大块头,不必看着金星,一会儿你能看个够,所以暂时闭上眼睛吧。你该跟太阳光说拜拜了。"

大块头轻哼了一声。即使从地球上看去,他那双习惯了火星的眼睛也感觉太阳过于肿胀与明亮,从金星的轨道上看去简直就是个鼓胀的庞然大物,其亮度是从地球上看去的两倍多,

---

① 1英里约合1.6公里。

是从火星上看去的四倍。就他个人而言，他很开心金星的云团能挡住太阳，也很开心空间站的风向标总是被设置来遮挡阳光。

大卫说："激动的火星人，你还不进去吗？"

大块头的一只手随意一压，就在敞开的气闸室门口停了下来，但他仍凝视着金星：一半完全被太阳照射着，清晰可见；但随着空间站在其轨道上运行，夜幕正从东边悄悄降临，并迅速移过来。

轮到大卫了，他仍在往上移动，然后一只手抓住了气闸室的边缘，另一只手掌撑在大块头的座位上。在失重状态下，大卫的身躯向外快速移动的时候，大块头的小身板缓慢而跌跌撞撞地进入气闸室。

大卫收紧手臂肌肉，轻松而流畅地往上飘浮，进入了气闸室。大卫的心情原本并没有很轻松开心，但看见大块头在半空中呈"大"字形摊开，用一根被航天服包裹的手指指尖抵着气闸室内侧以保持平衡的时候，他忍不住笑了。大卫通过后，气闸室的外门就关闭了。

大块头说："听着，你这个蠕虫败类，总有一天我会抛弃你，你就有机会再找一个……"

空气呼啸着灌入里面，内门打开了。两个男人躲开了大块头悬垂着的双腿，快速飘荡出来。领头那个黑头发、八字胡浓密得惊人的矮壮家伙问:"先生们,遇到麻烦了?"

第二个家伙更高更瘦,但胡须一样浓密,他问:"需要我们帮忙吗?"

大块头傲慢地回答:"你们留出一些空间让我们脱下航天服,就是帮大忙了。"他一边说着,一边轻轻落在地板上,剥除航天服。大卫已经脱下了。

两人都进入了内部,内门也在他们身后关闭。他们的航天服的外层结了一层霜,是从飞船携带过来的暖空气中的湿气与气闸室里的冷空气相遇冷凝而成。大块头将携带了飞船上的暖湿空气的航天服扔在了铺了瓷砖的行李架上,冰霜可能会在那里融化。

那个黑头发说:"我来猜猜,你们两个是威廉姆·威廉姆斯和约翰·琼斯,对吗?"

大卫回答:"我是威廉姆斯。"通常情况下,大卫使用的都是这个化名。科学理事会的成员始终习惯于避免暴露身份。尤其是目前金星上情况不明朗时,最好不要显露身份。

大卫继续说:"我想,我们的证件已经被检查过了,行李也被放在飞船上了。"

"一切已准备妥当。"那个黑头发说,"我是驾驶员乔治·瑞威尔,这是副驾驶托尔·约翰逊。几分钟后我们即将起飞。如果你们有什么需要,请告诉我们。"

他们被带到了狭小的客舱里,大卫暗自在心里叹息。在太空里,除了在自己的快速飞船"流星斯塔尔号"里,他总是觉得不舒服,何况此刻是在空间站的飞船库里休息。

托尔·约翰逊低声说:"我要顺便警告下你们,一旦我们脱离了空间站的轨道,就再也不会自由下落,因为重力会开始上升。如果你们晕船……"

大块头大喊:"晕船!你这个行星上的笨蛋,我还是小婴儿时就适应了重力变化,而你们到现在都应付不了。"他的手指轻戳墙壁,缓慢地翻了个筋斗,又触摸了下墙壁,最终双脚在离地板只有半英寸的位置站定。"如果你们觉得自己是男子汉的话,试试我刚才的动作吧。"

副驾驶咧嘴笑着说:"你真是半壶水响叮当,傲慢自大,不是吗?"

大块头立即红了脸。"半壶水响叮当!为什么这么说我?你这个欠揍的家伙……"他尖叫起来,但大卫的手在他肩膀上按了按,所以他只得吞下了剩余的词句。这个小个子火星人低语"金星上见"。

托尔仍咧嘴笑着,跟随主驾驶员走进飞船头部的控制室里。

大块头的愤怒情绪立刻消散,他好奇地问大卫:"这些大胡子是怎么回事?我从没见过这么浓密的胡须。"

大卫回答:"大块头,这只是金星人普遍具有的特征。事实上，我觉得所有金星人都是大胡子。"

"真的？"大块头用手指触摸着光秃秃的嘴唇边缘，"真想知道我若是有胡子会是啥样子。"

"长那么大一片胡子？"大卫笑了，"那你整张脸可就被遮住了。"

当"金星奇迹号"从空间站上升空，脚下的地板轻微颤抖的时候，他躲过了大块头砸来的拳头。飞船将它的鼻子转入了一条将带领他们"下落"到金星的收缩式螺旋轨道上。

当飞船加速飞行后，大卫才顿感全身得到长久以来渴望的放松，棕色的双眼若有所思，消瘦的脸庞上一片安详。他又高又瘦，但肌肉发达。

生活既让他遭受了不幸，也带来了好运。他还是小孩时，父母就在他正在前往的金星附近的一次海盗袭击中丧生；而他被父亲的两位挚友收养了，也就是科学理事会的现任主席赫克托·康威和部门主管奥古斯塔·亨利。

大卫接受教育与训练，心怀唯一的信念：总有一天，他要加入整个银河系里实力与权力最强，但最鲜为人知的科学理事会。

一年前，他刚从军事学院毕业就加入了科学理事会，成为一名正式的理事，开始致力于人类的进步与摧毁破坏文明的敌人。他是组织里最年轻的成员，可能数年之内都会如此。

尽管他在之前的那些战争中获胜了，比如，在火星的沙漠里和光照暗淡的小行星带里遇到的不法行为都顺利解决了；但对抗违法和邪恶行为的战争并不是一场短期抗争，现在金星上又有了麻烦，内情模糊不清，因此令人特别不安。

科学理事会主席赫克托·康威双唇紧闭，说："我不确定这是天狼星人对抗太阳系联盟的阴谋，还是小规模的敲诈勒索，但我们驻金星上的成员认为此事很严重。"

大卫回答："你派人去深入调查了吗？"他刚从小行星带回来不久，很关切地聆听这起事件。

康威说："有，派了埃文斯。"

"卢·埃文斯？"大卫的双眼闪着高兴的神色，"他是我在军事学院里的室友，很优秀。"

"是吗？但科学理事会驻金星的办事处请求罢免他的职务，并指控他贪污腐败，要求对他进行调查！"

"什么？"大卫站了起来，惊骇不已，"赫克托叔叔，这不可能。"

"想亲自去看看？"

"当然想！这些大行星和小行星真是躁动不安！等'流星斯塔尔号'做好飞行准备后，大块头和我就会立即出发。"

此刻，在最后这段航程中，大卫若有所思地看着舷窗外。夜晚的阴影已经慢慢向金星笼罩而去，一小时后金星就会陷入一片漆黑，所有的恒星都会被金星庞大的阴影挡住。

然后，他们又会进入阳光里，但从现在的视角看去还只是一片灰色。他们离金星太近，没法看到整个行星，甚至近到无法看到云层，事实上他们已经在云层里面了。

大块头刚吃完一个鸡肉沙拉三明治，擦了擦嘴说："天哪，我讨厌在淤泥里驾驶飞船。"

飞船两翼突然向外张开，充分利用有大气层的有利条件，因此飞船的飞行质量明显提升了，可以感觉到狂风的冲击以及下沉和上升的气流的起伏。

太空里，飞船不适合在厚厚的大气层中航行。正因如此，像地球和金星一样被很厚的大气层包裹的星球才需要空间站，供外太空飞船停留，而带着伸缩机翼的飞船再从空间站出发，穿越复杂的气流，到达行星表面。

大块头可以蒙着眼睛驾驶飞船从冥王星到达水星，但可能会在第一缕大气中迷失方向。就连大卫，虽在军事学院里接受过驾驶飞船的高强度训练，也不愿意接受驾驶飞船穿越正笼罩着他们的云层的任务。

"在第一批探险员着陆在金星上之前，"大卫说，"人类只看到过这些云层的外层。那时，人们对金星有种奇怪的看法。"

大块头没有回答。他仔细检查食物储存器，确保里面没有藏着另一个鸡肉沙拉三明治。

大卫继续说："他们无法确定金星旋转的速度，或金星是否真的在旋转，甚至不确定金星大气的构成成分。人类只知道有二氧化碳，到二十世纪九十年代后期，天文学家认为金星上没有水。但当飞船着陆在金星上，他们才发现事实并非如此。"

他打住了，不由自主地想起自己飞离地球一千万英里之后，中途收到前室友卢·埃文斯发来的加密太空图。在此之前，他已经通过亚以太通信方式告知卢·埃文斯自己在来的路上。

埃文斯的回复是"滚开"，简短又清楚。

事实就是如此。这一点儿都不像卢·埃文斯。在大卫看来，这样的信息意味着出了麻烦，而且是大麻烦，所以他不会"滚开"，反而提高了微型反应堆的能量输出，全力加速前进。

大块头说："大卫，当你再次回想起很久之前，人们全部局限于地球上，无论怎么努力都无法离开，对火星、月亮以及其他任何地方都一无所知，会感觉很好笑。这让我想打寒战。"

就在那一刻，他们穿过了云层的阻碍，眼睛能看见下面的景象后，大卫那些阴郁的想法也消失不见了。

这一刻来得太突然。前一刻他们还被似乎永无止境的乳白色云层重重包围，下一刻周围就只是透明的空气了。下方的一切都沐浴在清澈、珍珠般的光线里；上方是灰色云层的底面。

大块头说："嘿，大卫，快看！"

金星在他们下方向四面八方延伸出去好几英里，像块立体的蓝绿色植被地毯，表面没有任何起伏，完全平坦，像是被一个巨大的原子切片机刨平了一样。

他们所见的一切都和地球上的正常景象不一样。没有道路、房屋，没有小镇、溪流，目之所及都只是一片蓝绿色，毫无波澜。

大卫说："是二氧化碳使然，它是植物赖以生存的气体。地球上空气里的二氧化碳含量是万分之三，而这里的含量几乎是百分之十。"

大块头在火星上生活了很多年，知道二氧化碳。他说："是什么让那些云层变得那么轻盈？"

大卫笑了。"大块头，你忘了，这里的太阳比地球上的亮两倍多。"他再次看向舱门的时候，脸上的微笑减弱，消失了。

"有意思。"他喃喃自语。

突然，他从窗口转身。"大块头，"他说，"和我一起去趟驾驶室。"

他大步向前，两步就走出了客舱；又跨了两步，到达了驾驶室。门没有锁，他推开门走了进去。两位驾驶员，乔治·瑞威尔和托尔·约翰逊都坐在各自的位置上，眼睛紧盯着那些控制器，没有回头。

大卫说："伙计们……"

无人应答。

他抓住约翰逊的一边肩膀，这位副驾驶的手臂猛然抽动，挣脱了大卫的控制。

年轻的大卫又抓住约翰逊的双肩，大喊："大块头，抓住另一个！"

这个小个子不用指挥就已经开始行动了，猛烈地发起了进攻。

大卫把约翰逊甩了出去。约翰逊跟跟跄跄地退了回来，然后迅速挺直身子，向前冲去。大卫躲过了猛烈袭来的攻击，一记直拳击中对方下巴的一侧。约翰逊倒了下去，一动不动。几乎与此同时，大块头快速而有技巧地拧弯了乔治·瑞威尔的胳膊，用力把他扔在地上，瑞威尔没了动静。

大块头把他们拖出驾驶室，关上了门，回来时发现大卫正忙乱地操作着控制器。

直到此时，他才开口问原因："出什么事了？"

"我们并不是在平飞，"大卫的语气严肃，"我刚看到金星表面快速地朝我们逼近，现在也仍在逼近。"

他拼命寻找专门控制副翼的控制按钮，那些叶片控制着飞行角度。金星蓝绿色的表面逼得更近了，正朝他们猛冲过来。

大卫的双眼盯着测量他们上方空气重量的压力计。压力计数值越高，说明他们离地面越近。现在，它的数值升得没那么快了。大卫的双手把两根操纵杆握得更紧了，几乎捏到了一起。必须得这么做。他不敢用力太快，否则副翼可能会被呼啸而过的大风从飞船上刮下来。现在他们离金星表面只有五百英尺了。

大卫鼻孔张得很大，脖子上青筋凸起，他操控副翼以对抗强风。

"我们在平飞了。"大块头舒了口气，"我们在平飞……"

但飞船与金星表面之间的距离已经太近。蓝绿色的表面越来越近，直到港口里的景象都能看得清清楚楚。飞船载着大卫和大块头琼斯撞在了金星表面，撞击的速度很快，角度也很大。

2 在海里的穹顶屋中

要是金星的表面确实和最初看上去一样,那"金星奇迹号"肯定已经撞毁,烧成了灰烬,大卫的职业生涯可能也就此终结了。

幸好眼前那层厚厚的植被既不是草坪也不是灌木丛,而是水草,看似是平原的表面既非泥土也非石头,而是水,是环绕并覆盖了整个金星的海洋表层。

"金星奇迹号"轰隆一声撞上了大海,压垮了水草,沉入了海底。大卫和大块头因撞击而倒在了操控台上。

若是普通飞船,肯定早已碎裂,但"金星奇迹号"就是专为高速进入水里设计的,焊接得很紧密,外形呈流线型;机翼被扯松了，大卫既没时间也不知道如何使它收缩回去，机身在巨大的冲击力下呻吟着，但仍能在海里航行。

下沉，飞船一直下沉到金星墨绿色的海洋底部。上方被云层弥散开的光线几乎完全被水草覆盖层阻挡。飞船的人工照明也没能开启，显然是因撞击而出现故障了。

大卫感觉晕眩。"大块头！"他大喊。

但毫无回音，所以他伸出手去摸索，摸到了大块头的脸。

"大块头！"他又大喊一声，摸到这个小个子火星人的胸口，发现他心跳正常，顿时松了口气。

他不知道飞船出了什么事，但知道在一片黑暗中自己永远无法找到控制飞船的办法，所以只希望海水的摩擦力能使它在触底前停下来。

他摸索着衬衫口袋里的铅笔型照明设备——一根约六英寸长的小塑料棒，大拇指按压激活后会发出一束往前射的立体光束，光线会变宽，但亮度看上去并不会明显减弱。

大卫再次在大块头身上摸索，轻柔地进行检查。这个火星人的太阳穴处有个肿块，但到目前为止还没发现骨折。

大块头的双眼颤动，呻吟着。

大卫低语："大块头，别怕，我们会没事的。"但当他踏上通道的时候，已不敢确定是否真的会平安无事了。如果这艘飞船要再回到母港，驾驶员们就必须活着，并且与他们配合。

大卫进门的时候,两名驾驶员端坐着,因被光线照射而眨着眼睛。

"出什么事了?"约翰逊呻吟,"刚刚我还在控制器前,然后……"他的双眼里毫无敌意,只有疼痛与茫然。

"金星奇迹号"已经部分恢复了正常,颠簸得很厉害,但从船头到船尾的探照灯全都恢复了运行,应急电池也已经装配好,为他们提供重要行动所需的全部电力。螺旋桨的搅水声隐约能听见,整艘飞船在充分地发挥其第三性能。这艘飞船不仅能在太空里和空气中飞行,也能在水里航行。

乔治·瑞威尔走进控制室,情绪十分低落,非常狼狈。他脸颊上有道很深的伤口,大卫已经帮他清洗、消毒,喷上了凝胶。

瑞威尔说:"飞船有些轻微渗漏,但我已经堵塞住了;机翼不见了,主电池报废了。我们得对各处故障进行维修,但我想我们很幸运。威廉姆斯先生,你做得很好。"

大卫略微点了点头。"究竟出什么事了?你快告诉我。"

瑞威尔脸红了。"我不知道,虽然我讨厌这么回答,但我真的不知道。"

"你呢?"大卫询问另一人。

正用一双大手调节无线电设备的托尔·约翰逊也摇了摇头。

瑞威尔说:"我只清晰地记得最后那一刻我们还在云层里。从那之后直到我发现自己被你用手电照射着,中间这段我一点儿都想不起来。"

大卫说:"你和约翰逊服用了任何药物吗?"

约翰逊羞恼地抬起头,低声抱怨:"没,没有。"

"那你们的记忆怎么会一片空白,而且是两人同时丧失了记忆?"

瑞威尔说:"我也想知道到底出了什么事。听我说,威廉姆斯先生,我们俩都不是生手,而是一流的飞船驾驶员。"他叹息,"至少驾驶水平曾经是一流的。不一会儿,我们就会着陆。"

"我们都知道。"大卫回答。

"嘿,"大块头很不耐烦,"谈论刚才发生的事有什么用?现在我们在哪里?我只想知道我们要去哪儿。"

托尔·约翰逊回答:"我只能告诉你,我们偏离了航线,到达阿芙洛狄忒还需五六个小时。"

"天哪!"大块头厌恶地看着港口外的黑暗,"还要在这样一片漆黑中行驶五六个小时?"

阿芙洛狄忒是金星上最大的城市,人口约二十五万。

"金星奇迹号"依然在一英里外,四周的海洋被阿芙洛狄式的灯光照成半透明的绿色。那些在他们取得无线电联系后被派去迎接他们的船只在怪异灯光的照射中,其黑暗而光滑的形状清晰可见。它们在一旁滑行,默默陪伴。

对大卫和大块头而言,这是他们第一次看见金星的水下穹顶城市。他们几乎忘记了刚才不愉快的经历,惊愕地看着眼前的事物。

远远看去,它好似鲜绿色的仙境气泡,因中间的水波荡漾而波光粼粼,轻微颤抖。他们依稀能辨别出那些建筑物和支撑城市穹顶以抵抗头顶海水重量的网状结构梁。

逐渐靠近的时候,城市变得越来越大,越来越明亮,随着他们与城市之间的水变得越来越少,海水的颜色也逐渐变浅。阿芙洛狄忒变得更加真实,没那么像仙境了,但依然很华丽宏伟。

终于,他们滑进了一个能容纳一艘小型货运飞船或一艘大型战斗巡洋舰的巨大水闸室,静静等着海水被抽出去。水被抽完后,"金星奇迹号"在一个升降台上浮出了水闸室,进入了城市。

大卫和大块头看着他们的行李被搬走,然后郑重地跟瑞威尔和约翰逊握手告别,搭乘一架水上飞机前往阿芙洛狄忒-贝尔维尤酒店。

大块头从曲面窗户向外望,看见水上飞机在城市的横梁间和房顶上轻松穿行,旋翼庄严而优雅地转动着。

他说:"这就是金星了。也不知道我们经历那么多,来到这里是否值得。我永远不会忘记那片向我们涌来的海洋!"

大卫回答:"恐怕这只是个开始。"

大块头心神不安地看着自己的大个子好朋友。"你真这么认为?"

大卫耸了耸肩。"看情况。先听听埃文斯怎么说。"

阿芙洛狄忒-贝尔维尤酒店的绿色餐厅也是如此,灯光照射和闪烁效果给顾客一种悬浮在海水之下的感觉。天花板像是个倒放的饭碗,底下有个缓慢旋转的球形水族馆,由巧妙安置的升降梁支撑,里面的海水被这个星球上最美丽的生命——一缕缕金星水草点缀着,像飘荡的"海底绸缎"。

大块头先走了进去,准备享用晚餐。他生气菜单上没有潘趣酒,因真正的人类服务员的出现而感到心烦意乱,因被告知绿色餐厅里的用餐者只能吃管理层特供的食物而非常气愤。等到感觉晚餐很合胃口,汤很美味的时候,他的怒气稍微平息一些了。

之后,音乐响起,穹顶的天花板逐渐恢复了生气,球形水族馆开始缓慢地旋转起来。

大块头忘记了吃饭,惊讶得嘴巴张大。

"看啊。"他说。

大卫也正看着。水草绸缎从两英尺长的细长条到一米多宽的宽阔弯曲的腰带，长短不一。这些水草都很薄，薄如一张纸，随着周围波浪的荡漾而扭动。

每一根海草都闪耀着五彩的光芒，构成一幅壮观的景象。每一条海洋绸缎的两边都闪耀着螺旋光圈——深红色、粉色、橘色，有一些蓝色、紫色散落其中，还有一两根显得特别醒目。这些水草都被外部绿色灯光遮蔽。它们漂浮起来的时候，彩色的线条突然断裂并交织在一起。这些水草让人感觉眼花缭乱，看起来像是在水中留下了一道彩虹般的痕迹，闪烁着，渐渐消失，但随即又重新染上了更明亮的色彩。

大块头很不情愿地把注意力转回到甜品上。服务员称之为"果冻种子"，一开始这个家伙很怀疑它的味道。这些果冻种子是胶质的橙色卵状物，粘在一起，但很快就被勺子舀了起来。它们一开始在舌头上尝起来很干，没有味道，但突然就熔化成一种黏稠的糖浆，非常美味。

"天哪！"大块头十分惊讶，"你吃过甜点了吗？"

"什么？"大卫茫然地发问。

"你要尝一尝甜点吗？吃起来像浓稠的菠萝汁，但味道好一万倍……怎么了？出什么事了？"

大卫回答："我们有同伴要来了。"

"嗯，继续说。"大块头在座位上正要转身，似乎是要看看到底是谁。

大卫悄悄说了句"别着急",让大块头停止了动作。

大块头听见有人向他们餐桌走来,脚步声很柔和。他转动双眼,保持警惕。爆能枪放在了房间里,但他腰带口袋里有把军刀。它状似一根表带,必要时可以将人一分为二。他用手指紧紧夹着军刀。

一个声音从大块头背后传来:"伙计们,能和你们一起用餐吗?"

大块头从座位上转过身,手里握着军刀,准备快速捅出去。但那人看上去一点儿也不凶恶。他很胖,但衣服很合身;脸很圆,灰白的头发特意被梳过头顶,但秃顶还是暴露了出来;那双蓝色的小眼睛透露的似乎都是友善。当然,他也有金星人所独有的灰白大胡子。

大卫平静地说:"当然可以,请坐。"他的注意力似乎完全集中在右手握着的一杯热咖啡上。

那个胖家伙坐了下来,双手放在桌子上,一只手的手腕露了出来,略微被另一只手的手掌遮住。一时间,上面的一个椭圆形斑点颜色变深,变成了黑色。斑点里面,黄色的小光柱像熟悉的北斗七星和猎户座图案那样跳舞和闪烁。然后,斑点消失了,只剩下一只胖乎乎的手掌,撑着那个胖家伙的圆脸。

这个是科学理事会成员的识别标识,它既不能伪造也不可能被模仿。用意志来控制它的出现,几乎是科学理事会保守得最严密的秘密。

那个胖男人说:"我是梅尔·莫里斯。"

大卫回答:"我猜也是。已经有人向我介绍过你了。"

大块头坐了回去,把军刀放回原处。梅尔·莫里斯是科学理事会驻金星分队的头领。大块头听说过他。一方面,他如释重负;但另一方面,却有点失望。他渴望打一架——可能先把咖啡迅速泼在那个胖家伙的脸上,掀翻桌子,然后打起来。

大卫说:"金星看起来真是与众不同,非常美丽。"

"你已经欣赏过我们那带着荧光的水族馆了吗?"

"太壮观了。"大卫回答。

那名驻金星的理事笑了笑,伸出一根手指。服务员给他端来一杯热咖啡。莫里斯让咖啡凉了一会儿,然后温和地说:"我想,在这里见到我,你们很失望,因为你们期待见到的是其他的同伴。"

大卫语气很冷:"我想和一位朋友聊些正事。"

"事实上,"莫里斯说,"你已经发了信息给埃文斯,要他来这里见面。"

"我知道你知晓此事。"

"当然了。埃文斯已经被密切监视很久了,发送给他的信息都会被拦截。"

他们两人面对面坐着,喝着咖啡,交谈的声音很低,也没有任何表情，就连大块头都听不清他们在说什么。

大卫说："你们这么做可不对。"

"你是以朋友的身份替他说话？"

"没错。"

"那我觉得，作为朋友，他肯定警告过你远离金星。"

"我明白了，这事你也知道？"

"当然。你们着陆金星的时候发生了意外，差点丧命。我说得对吗？"

"是的。你是暗示埃文斯担心发生这样的事件？"

"担心？天哪，斯塔尔，这起事故就是你朋友埃文斯设计的。"

3

酵母！

大卫依然不动声色,眼睛丝毫没眨,没有流露出任何波澜。"请讲述细节。"他说。

莫里斯又笑了,半张嘴被那可笑的金星人独特的胡须遮掩住。"恐怕在这里不方便讲。"

"那你说个地方。"

"等一下,"莫里斯看着手表,"一分钟后表演就会开始,海光舞蹈会上演。"

"海光?"

"上方的球体会放出暗绿色的光芒,人们会起身跳舞。我们将趁此机会从人群中悄悄离开。"

"你说得好像那一刻我们将身处危险一样。"

莫里斯语气很严肃:"你说对了。我敢肯定,自你进入阿芙洛狄忒后,我们的人就一直紧盯着你了。"

突然,一个和善的声音响起,似乎是从餐桌中央的水晶摆饰中发出的。其他就餐者注意力转移的方向表明,这声音来自每张餐桌中央的水晶摆件。

这个声音说:"女士们,先生们,欢迎来到绿色餐厅。你们用餐愉快吗?为了助兴,管理层隆重地给大家呈献托比·托拜厄斯的磁性节奏和他的……"

这个声音还在说着,灯光就亮了,剩下的话被淹没在客人们不断升高的惊呼声中,他们大多是刚来这里的地球人。天花板上的球体水族馆突然放射出翠绿色的光芒,那些像海洋丝绸一样的水草突然变得十分明亮。那个球体呈多面形,因此当它转动时,缓缓移动的阴影柔和地充斥着整个房间,很催眠。从各种磁力乐器的音箱里发出的奇怪、沙哑的音乐,音量越来越大。每件乐器周围环绕着由磁场产生的音符。

大家都站起来跳舞,舞步的沙沙声和低笑声在大厅中回荡。大卫的手被人碰了碰,然后大块头也被碰了碰,他们站了起来。

大卫和大块头默默地跟在莫里斯后面,一个个表情严肃的身影出现在他们身后,像是从帷幔后钻出来的一样。为了不被发现,他们都离得很远,但大卫很肯定,他们每个人都手握爆能枪。毫无疑问，事实确实如此。驻金星的梅尔·莫里斯理事对待这种情势很严肃。

大卫用赞赏的目光打量着莫里斯的房间，虽不豪华，但很舒适。住在里面，可以忘记上方一百码①高处的半透明穹顶，再外面是一百码富含二氧化碳的浅海，然后是一百英里无法呼吸的外星大气。

事实上，大卫最开心的是一个壁龛上摆满了收藏的影像图书。

他说："莫里斯博士，你是生物物理学家？"他不假思索地用职业头衔称呼对方。

莫里斯回答："是的。"

"我在学院里也做过生物物理学研究。"大卫说道。

"我知道，"莫里斯说，"我读过你的论文。你的研究做得很好。我能称呼你大卫吗？"

"这是我的名字，"大卫承认，"但大家都叫我小福星。"

与此同时，大块头已经打开了一卷胶片，展开了一点儿底片，举在灯光下看。他耸了耸肩，放了回去。

他挑衅般地对莫里斯说："你看起来可一点儿也不像科学家。"

---

① 1 码约合 0.9 米。

"我觉得也是，"莫里斯没有生气，"这反而很有帮助。"

大卫明白他的意思。近来，当科学真正渗透到整个人类社会和文化中的时候，科学家们不能再局限在自己的实验室内了。正因如此，科学理事会才诞生了。最初，它只是一个咨询机构，旨在帮助政府解决银河系的重要问题，因为只有受过训练的科学家才有足够的信息来做出明智的决定，后来逐渐变成了一个打击犯罪、反间谍活动的组织，掌握了越来越多的政治线索。终有一天，通过这些行动和努力，科学理事会将构建一个伟大的银河系帝国，让所有人都融洽地生活在和平之中。

正因如此，科学理事会的成员除了做纯粹的科学研究外，还要完成很多其他任务。如果他们看起来不像科学家，就更容易成功完成任务——只要他们有科学家的头脑。

大卫问："先生，你能跟我细说一下这里的麻烦吗？"

"你们在地球上已经得知多少？"

"模糊知道个大概。我更愿意相信现场人员的叙述。"

莫里斯有些讽刺意味地笑了："相信现场人员？这可不是中央办公室里那些人的一贯态度。他们派出了自己的调查人员，所以诸如埃文斯这样的人就来了。"

"我也来了。"大卫回答。

"你的情况有点不同。我们都听闻了去年你在火星上的成就，不久前你还在小行星带出色地完成了任务。"

大块头自鸣得意："如果你认为自己知道这一切，那你应该和他一起去参与任务。"

大卫有些脸红了，赶忙说："大块头，别说这些了。我们不想听你胡扯。"

他们都坐在地球上制造的大扶手椅里，柔软又舒适。大卫训练有素的耳朵听出来他们的交谈声有些回音，足以证明这个房间隔音且屏蔽了间谍的暗中监视行为。

莫里斯点了一支烟，也给其他人都递了一支，但被拒绝了。"大卫，你对金星了解多少？"

大卫笑了："都是在学校学习的那些。我们快速复习一下吧，它是离太阳第二近的行星，离太阳大约六千七百万英里。它也是离地球最近的行星，距离在二千六百万英里内；只比地球小一点儿，重力是地球上的六分之五。它绕太阳转一周大约要七个半月，白昼长约三十六个小时，表面温度比地球高一些，但因云层的阻挡没有高很多。正因这些云层，金星上也没有季节之分。它被海洋覆盖，而反过来，海洋又被海草覆盖。金星的大气是二氧化碳和氮气，不可吸入。莫里斯博士，我说得对吗？"

"你可以得高分，"那名生物物理学家回答，"但我问的是金星的社会，而不是这个行星本身。"

"好吧，这就更难了。当然，我知道所有人都居住在那些浅海里的穹顶城市里。据我自己观察，金星上的生命相当先进——比如，比火星上的生命先进很多。"

大块头大喊："嘿！"

莫里斯将一双闪烁的小眼睛转到这个火星人身上。"你不同意你朋友的说法？"

大块头犹豫了。"是啊，也许确实如此，但他没必要非得说出来。"

大卫笑了，继续说："金星是个相当发达的行星。我认为金星上大约有五十个城市，总人口六百万。脱水的海草是你们的出口产品，据我所知是用作肥料和制作成脱水的酵母片以喂养动物。"

"你的回答依然很出色，"莫里斯说，"先生，你觉得绿色餐厅的晚餐如何？"

话题突然转换，大卫顿了一下，然后说："很好。你怎么问这个？"

"一会儿你就知道了。你们吃了什么？"

大卫回答："我不能准确说出来，吃的是家常菜。我猜是某种菜炖牛肉，配上很独特的酱汁，还有一种蔬菜，但我没认出来。我想，还有水果沙拉，在此之前还喝了份辣番茄汤。"

大块头插话："还有果冻种子的甜点。"

莫里斯大声笑了。"你知道吗？你们都说错了。"他反驳，

"你们没吃牛肉,也没吃水果和番茄,甚至连咖啡也没喝。你们只有一样东西可吃,只吃了一种东西——酵母!"

"什么?"大块头尖叫。

那一刻,大卫也很吃惊。他眯起双眼问:"你说的是真的?"

"当然,那是绿色餐厅的招牌菜。他们从不会说出真相,否则地球人会拒绝食用。但一会儿你可能会被详细询问,比如你喜不喜欢这些菜品,你觉得每道菜应该如何改进等。绿色餐厅是金星上最有价值的实验场。"

大块头那张小脸皱了起来,歇斯底里地大喊:"我要用法律制裁他们,我要向科学理事会汇报此事。他们不能在我不知情的情况下给我吃酵母,把我当成马或奶牛……或是一只……"

他口齿不清地结束了话语。

"我猜,"大卫说,"酵母和金星上的犯罪率激增有关联。"

"你这么认为?"莫里斯冷淡地说,"那你还没看过我们的官方报告。我一点儿也不吃惊。地球方面认为我们在夸大这里的麻烦,但我敢向你担保,我们没有,而且这不仅是犯罪率增加的问题。大卫,是酵母,酵母是这个行星上所有事情的症结和核心!"

一个自动供食机进入了起居室,上面有个冒泡的过滤器和三杯冒着热气的咖啡。它先停在大卫面前,然后又停在大块头那儿。莫里斯拿起第三杯咖啡,双唇挨近喝了一口,然后赞赏般地擦了擦他的大胡子。

"先生们，你们若需要的话，可以加奶油和糖。"他说。

大块头看了一眼，闻了闻。他十分怀疑地问莫里斯："是酵母？"

"不，我发誓，这次是真的咖啡。"

他们都沉默着喝了一会儿咖啡，然后莫里斯说："大卫，要维持金星上的生活，花费很昂贵。我们的城市必须从水里提取出氧气，就需要建立很多大型电解站。每个城市都需要大量的能量柱以支撑穹顶，承受住数十亿吨的海水。尽管阿芙洛狄忒城市里的人口只是整个南美洲的千分之一，但年能量消耗量和它一样多。"

"自然而然，我们要学会赚取能量，只得向地球出口产品以换取发电厂、专业器械和原子燃料等。金星上唯一的产品就是海藻，取之不尽，用之不竭。我们当成肥料出口了一些，但依然解决不了问题。所以，我们将大多数海藻用作酵母的培养基，有一万零一种酵母。"

大块头噘起嘴唇。"将海藻转化成酵母可没多大改善。"

"你对刚刚那一餐还满意吗？"莫里斯问。

"莫里斯博士，请继续说下去。"大卫说。

莫里斯说："当然，琼斯先生相当正……"

"叫我大块头！"

莫里斯严肃地看着那个小个子火星人说："可以，如果你想的话。大块头对酵母的总体评价很低，他说得很对。我们最重要的菌株只适合喂养动物。但尽管如此，它也很有用。酵母喂养的猪肉更便宜，也比其他食物喂养的质量更好。酵母的热量、蛋白质、矿物质和维生素含量很高。"

"我们还有其他品质更好的菌株，用于制作必须长时间储存，但空间有限的食物。比如，在长途太空旅行中，经常携带的所谓 Y 型配给。

"最后，我们有品质最优的菌株，相当昂贵和易碎，被供应到绿色餐厅的餐桌上，用来仿制或改善普通菜品。这些都还未能大批量生产，但未来某天可以实现。大卫，我想你已经明白这一切的要点了。"

"我想我明白了。"

"我没有。"大块头挑衅般地说。

莫里斯快速解释："金星将会垄断这些奢侈的菌株，其他行星都不会有酵母。没有金星在酵母培养基上的经验……"

"在什么方面？"大块头发问。

"在酵母培养上。没有金星在这方面的经验，其他星球即使获得了海藻，也无法培养和保存酵母。所以你看，金星可以把酵母菌株当作奢侈产品，在整个银河系发展盈利的贸易，不仅对金星，对地球，甚至对整个太阳系联盟都很重要。我们是整个银河系中人口最密集、最古老的系统。如果我们能用一磅[①]酵母换取一吨的粮食，对我们来说，问题就很容易解决了。"

大卫耐心地听莫里斯讲述。他说："正因如此，它很有可能成为急于削弱地球、破坏金星对酵母垄断的那股外来势力争夺的利益。"

"你明白关键之处了，对吧？我希望自己能说服科学理事会剩下的成员，让他们相信我们正面对这个现存且永远存在的危险。如果正在生长的酵母菌株连同我们在酵母菌培养方面的一些知识被窃取，结果可能是灾难性的。"

"没错，"大卫问，"那问题的关键是：小偷出现了吗？"

"还没，"莫里斯冷冷地回答，"可是，最近六个月来，我们碰到了一连串的小偷小摸、稀奇古怪的意外和怪事。有些只是恼人，或甚至很好笑。比如，有个老人把一半的资产赠给了自己的孩子，然后发疯似的跑到警察局，坚称自己被抢劫了。当目击者站出来证明他已经把钱送人时，他几乎气疯了，坚称自己没有做过这样的事。也有很严重的意外，比如一名货轮司机在错误的时间卸掉了半吨捆扎的水草，导致两名男子死亡。事后，他坚持说自己当时昏了过去。"

---

① 1 磅约合 0.5 公斤。

大块头激动地尖声说："大卫！我们乘坐的飞船上的两名驾驶员也说他们昏过去了。"

莫里斯点了点头："没错，尽管发生了意外，但只要你们俩幸存了下来，我就很高兴。地球上的科学理事会可能已经准备好相信这一切背后另有隐情。"

"我认为，"大卫说，"你怀疑是催眠术。"

莫里斯的双唇抿成十分严肃的微笑。"大卫，说是催眠术还太过委婉。你觉得催眠师能在一段距离之外对不情愿的对象施加影响吗？我告诉你，金星上有人或有一些人拥有能完全控制他人思想的能力。他们正在使用这种能力，进行试验，越来越熟练地使用它。随着时日推进，与之斗争就变得愈加困难。也许为时已晚！"

4

埃文斯被控告！

大块头的双眼亮了起来。"一旦大卫介入，就永远都不晚。大卫，我们从哪里开始？"

大卫悄悄说："得先找到卢·埃文斯。莫里斯博士，我一直等着你提起他。"

莫里斯的眉头蹙在一起，胖乎乎的脸皱成一团。"你是他的朋友，我知道，你想为他辩护。这不是件令人愉快的事——尽管你是他的朋友，但如果此事牵涉到任何理事，都会很不愉快。"

大卫回答："莫里斯博士，我并不只是感情用事。我十分了解卢·埃文斯，知道他没有能力做伤害科学理事会或地球的事情。"

"那你就听我说，自己判断吧。他来金星执行任务的大部分时间里都什么也没做。他被称为'麻烦终结者'，头衔很好听，但名不副实。"

"莫里斯博士，我无意冒犯，但你讨厌他的到来，对吗？"

"不，当然不。我只是觉得他的到来没有意义。我们在金星上已经待了多年，都年老了，已经富有经验。科学理事会还期盼从地球上来的年轻人能解决此事？"

"有时候，新成员的到来会有助益。"

"胡说！大卫，我告诉你，真正的问题是地球总部觉得我们的问题不严重。他们派埃文斯来的目的只是让他装模作样地看一眼，粉饰太平，然后再回去汇报说没什么问题。"

"我对地球上的科学理事会的了解可不是这样，你也是。"

但那位满腹怨气的驻金星人员继续说："总之，三周前，埃文斯要求看看与酵母菌株培植有关的分类数据，但业内人士拒绝了他。"

"拒绝？"大卫说，"这可是科学理事会理事的请求。"

"没错，但酵母菌株培植人员对此保密。你不会提这样的要求，就连其他理事也不会。他们问他为什么索要那些信息，他拒绝说出原因。他们向我呈交了他的请求，我驳回了此请求。"

"理由呢？"大卫追问。

"他也没告诉我他的理由，而我是驻金星的科学理事会理事的主管，组织里所有人都不会对我保守秘密。但你的朋友卢·埃文斯之后做了些出乎我意料的事情：他偷走了数据。他利用科学理事会理事的身份进入酵母研究所的机密区域，将微缩胶卷藏在靴子里偷走了。"

"他肯定有不得已的理由。"

"他有，"莫里斯说，"他确实有！那些微缩胶卷记载了一种非常棘手的新酵母菌的营养配方。两天后，一名工人在混合物中加入了微量的汞盐。酵母死亡了，六个月的研究成果都毁于一旦。那名工人发誓他没做过这件事情，但事实上他做了。我们的精神病专家对他进行了心理探查。你看，到目前为止，我们都预料到了事态的走向。那名工人也有一阵晕了过去。敌人虽还未偷走酵母菌株，但就快了，不是吗？"

大卫棕色的眼神很坚定。"事实显而易见，不管敌人是谁，我推测卢·埃文斯已经投靠了敌人。"

"是天狼星人，"莫里斯不假思索地说，"我很肯定。"

"有可能。"大卫承认。几个世纪以来，天狼星上的居民一直是地球的劲敌，所以很容易怪罪到他们身上。"可以说，他投靠了敌人，同意为他们获取数据，使他们能在酵母工厂内部制造麻烦。一开始是些小麻烦，为更大的麻烦做铺垫。"

"是，我也这么认为。你还有其他看法吗？"

"难道埃文斯理事就不会被思想控制了？"

"大卫，不大可能。我们现在的档案里有很多案例。所有思想被操控的人，在心理探测下都明显表现出失忆症状，而且昏迷的时长都不超过半个小时。埃文斯要偷走数据，就必须受精神控制长达两天才行，但他没有任何失忆的迹象。"

"他被检查过了？"

"当然。当他被发现随身携带了被窃取的机密材料的时候——事实上，他被当场抓获——我们必须采取措施。即使他是实实在在的科学理事会成员，我也不在乎。他被检查了，而我亲自判他缓刑。但他违反了缓刑规则，用自己的设备发送信息，我们没收了他的扰频器，确保他不能再发送消息——或者，至少我们能截获他发送或接收的任何消息。他最后一条信息是发给你的。我们和他玩够了。他现在被监禁了。我正在准备向中央总部汇报此事，但在此之前，有件事我必须得做，我要求罢免他的职务，并以腐败或叛国罪审判他。"

"在你这么做之前……"大卫说。

"干什么？"

"我想和他聊一聊。"

莫里斯站起来，讽刺般地笑了。"你想和他聊聊？当然可以。我会带你去见他，他就在这栋楼里。事实上，我很想让你听听他的辩词。"

他们穿过一个斜坡，安静的警卫们立正敬礼。

大块头好奇地看着他们。"这是个监狱?"

"这些楼层都是监狱。"莫里斯说,"我们在金星上建立的大楼都有多种用途。"

他们走进一个小房间,毫无前兆,大块头突然大笑起来。

大卫忍不住笑了:"大块头,怎么了?"

"没……没什么。"这个小个子的双眼湿润,气喘吁吁地回答,"大卫,只是你光着上嘴唇站在那儿,看起来太滑稽。看惯了那些大胡子,你反而显得很怪异,看起来就像是有人拿了把剃刀,把你本来该有的胡子刮掉了。"

莫里斯笑了笑,下意识地用手将了捋自己那花白的胡子,有些得意。

大卫笑得更灿烂了。"滑稽,"他说,"大块头,我恰好觉得你也很滑稽。"

莫里斯说:"我们得在这里等一会儿,他们马上会将埃文斯带过来。"他的手指从一个小的信号按钮上移开。

大卫打量着房间,它比莫里斯的房间小些,更没人情味;仅有几件家具:几张软垫椅,外加一张沙发,房间中央有张矮桌子,靠近盲窗有两张高脚桌。每扇盲窗的背后都有一幅精心制作的海景画。其中一张高脚桌上放了个鱼缸,另一张上放了两盘菜,一盘装的是些小的干豌豆,另一盘是黑色的油腻东西。

大块头的双眼不由自主地随着大卫的目光打量着整个房间。

他突然问:"大卫,这是什么?"

他小跑到鱼缸前,弯下腰,凝视着深处。"你看看它,看到了吗?"

"只是这里的人员养的一种宠物,是只V形青蛙。"莫里斯回答,"它是个相当好的样品。你们见过吗?"

"没有。"大卫回答。他也走到了两英尺宽、约三英尺深的鱼缸前,长满羽毛的杂草纵横交错地散布在水里。

大块头问:"它不咬人吧?"他用食指搅动着鱼缸里的水,腰弯得更低,凑到了里面观察。

大卫挨着大块头埋下了头。那只V形青蛙严肃地与他们对望。它是个小生物,也许有八英寸长,头部呈三角形,一双黑色眼睛凸了出来。它依靠六只底部长着厚肉的脚支撑身躯,每只脚都有三个长长的前脚趾和一个后脚趾;皮肤和青蛙很像,呈绿色;长着带褶边的鳍,沿着背部的中心线向下快速摆动着。它没有嘴,却长着一张强壮的、弯曲的、像鹦鹉一样的喙。

大卫和大块头正在观察的时候,它开始从水里站起来,脚仍贴着鱼缸底部,但腿却像可伸缩的高跷一样伸展开,巨大的腿部关节伸直。就在头部快穿透水面的时候,它停住了。

莫里斯已经加入他们的队列,怜爱地凝视着这个小野兽:

"它不喜欢露出水面，空气中的氧含量太高。它们喜欢氧，但只喜欢适度的氧。它们是温和、讨人喜欢的小东西。"

大块头很高兴。火星上几乎没有本土动物，这样的活生物对他来说真的很新奇。

"它们生活在哪里？"他发问。

莫里斯把一根手指伸进水里，摸了摸V形青蛙的头。那只青蛙间歇性地闭上黑色的双眼，它感觉很舒服，所以默许了莫里斯的抚摸。

莫里斯说："它们在海草里大量聚集。它们在里面活动，好似那些海草是片森林一般。它们的长脚趾能抓住单根海草，喙能撕裂最坚硬的叶子，其力量能在人的手指上留下一个凹痕，但我从没见过它们咬人。我很吃惊，你们之前居然一只都没看见过。这个酒店收藏了许多真正的V形青蛙群体，以供展览。难道你们没见到？"

"我们几乎没有机会见。"大卫干巴巴地回答。

大块头快速走到另一张桌子前，拾起一颗豌豆，扔进黑色的油脂里，又拿了出来诱惑V形青蛙。那只V形青蛙的喙小心翼翼地从水里伸出来，从大块头的指尖叼走了食物。大块头高兴得欢呼起来。

"你们看见了吗？"他询问。

莫里斯慈爱地笑了笑，似乎觉得是小孩子在耍把戏。"这个小恶魔。它们会吃上一整天,看它狼吞虎咽的样子呀。"

那只V形青蛙嘎吱嘎吱咀嚼着走开了,一颗黑色的小水滴从它的喙的一边漏了出来。它向水的深处游去的时候,这只小动物的腿又立即折了起来,张开喙,吞下了那颗黑色水珠。

"那是什么东西?"大卫问。

"蘸了车轴油脂的豌豆。"莫里斯回答,"对它们而言,油脂很美味,跟我们吃糖一样。它们在自然栖息地里几乎找不到纯粹的碳氢化合物。因此,它们很爱油脂,如果它们因为想吃油脂而被诱捕了,我丝毫不会吃惊。"

"它们怎么会被抓捕呢?"

"为什么不会?当拖网渔船收集海草的时候,海草里总是聚集了很多V形青蛙,也有一些其他动物。"

大块头摩拳擦掌地说:"嘿,大卫,我们也去抓一只……"

两名警卫呆板地进入房间,中间押着一个金发碧眼且又瘦又高的年轻男人。

大卫跳起来。"卢!卢,老朋友!"他微笑着伸出手。

有那么一会儿,卢似乎要做出反应。他的眼里闪过一丝喜悦,但很快就消失不见了。他的双臂仍然僵硬而冷漠地垂在两侧。他语气平平地说:"你好,斯塔尔。"

大卫无奈地收回手掌。"自从毕业后,我就再也没见过你了。"他打住了。老朋友在身边,他该说些什么呢?

那位金发碧眼的理事也察觉到此时此地不适合多说什么。他简短地向两侧的警卫点了点头，用令人毛骨悚然的幽默口吻说："从那以后，发生了不少变化。"然后，他薄薄的双唇抽搐地紧紧抿了下，继续说："你为什么来了？我让你离得远远的，你为什么不？"

"卢，你陷入了麻烦，作为朋友，我可不能置身事外。"

"那就等我求助，你再来。"

莫里斯说："大卫，我觉得你是在浪费自己的时间。你视他为科学理事会的成员，但我认为他是叛徒。"

那个胖乎乎的金星人咬牙切齿地说出这些话，像鞭子猛地抽下来。埃文斯的脸慢慢变红，但什么都没说。

大卫说："我需要确凿的证据，才能承认埃文斯理事是叛徒。"他着重强调"理事"一词。

大卫坐了下来，冷静地注视了他的朋友很长一段时间，而埃文斯却看向一边。

大卫说："莫里斯博士，让警卫离开。埃文斯的安全交由我负责。"

莫里斯的一边眉毛挑起，看着大卫，思索片刻后，向警卫打了手势，让他们离开。

大卫又说："大块头，你要是不介意的话，能到隔壁房间待会儿吗？"

大块头点了点头，离开了。

大卫温和地说："卢，现在只剩下我们三个，只有你、我和莫里斯博士，我们都是科学理事会的成员。我们从头说起吧。你进入他们的机密区域从档案中拿走了酵母生产相关的分类数据？"

卢·埃文斯回答："是。"

"那你肯定有自己的理由。到底为什么？"

"听我说，我偷走了文件。我承认，我偷走了。你还想知道什么？我确实偷走了，没有什么理由。别问了，离我远点，让我自己待着。"他的双唇发抖。

莫里斯说："大卫，你想听他的辩词。但他没有，事实仅此而已。"

大卫说："你拿走那些与酵母菌株相关的文件后，很快那些酵母工厂里就发生了事故。这事，我想你肯定知道。"

"我都知道。"埃文斯回答。

"你怎么解释？"

"没什么可解释的。"

在学院时，这位年轻人脾气好，风趣且刚毅勇猛，大卫记忆犹新；他近距离看着埃文斯，以期寻找出一些痕迹。除了长出了金星人风格的胡须外，仅从外貌看去，埃文斯和大卫记忆里的模样相似：四肢依然修长，金色的头发剪短了，尖下巴依旧棱角分明，腹部平坦，身体健壮。但除此之外呢？埃文斯的双眼不安地四处张望着，干巴巴的嘴唇颤抖着，指甲被咬破了，参差不齐。

大卫的内心挣扎起来，然后才又问出了一个不太尖锐的问题。他是在和一位自己很了解的老朋友交谈，他从未怀疑过埃文斯的忠诚，会毫不犹豫地用自己的生命担保他的忠诚。

他问："卢，你到底都做了什么？"

埃文斯用沉闷无趣的声音回答："无可奉告。"

"卢，我再问一次。首先，我想让你知道，不管你做了什么，我都会站在你这一边。如果你做出令科学理事会失望的事情，那必定有原因，告诉我原因。如果你是生理上或思想上被下迷药或受到胁迫，或者你和你的亲近之人受到威胁，都请告诉我们。即使你也许曾被金钱或权力诱惑，即使被诱惑的方式是如此粗鲁，卢，为了地球，也请告诉我们。无论你犯了什么错误，现在都可以坦白以进行弥补。如何？"

那一刻，卢·埃文斯似乎被打动了，那双蓝眼睛抬起来，痛苦地盯着大卫的脸。"大卫，"他开始说，"我……"

突然，他不再温和，大喊："无可奉告，大卫，无可奉告！"

莫里斯双臂抱在一起："大卫，就是这样，他的态度就是如此。只有他清楚原因，而我们想搞清楚真相，在金星上我们将用各种手段让他说出来。"

大卫说："等等……"

莫里斯反驳："我们不能再等了，你用脑子想想，我们没时间了，一点儿时间都没有。这些所谓的意外事故越来越严重，就快接近他们的目标了。我们得立刻将其终止。"他胖乎乎的拳头砸在椅子扶手上，这时，屋里响起了尖锐的信号声。

莫里斯皱起眉头。"紧急信号！天哪……"

他将电路打开，把听筒拿到耳边。

"我是莫里斯。怎么回事？……什么？……什么？"

听筒掉了下去，他转过身面朝着大卫。他的脸色苍白如纸，看上去十分不正常。

"二十三号水闸室里又有一人被催眠了。"他哽咽了。

大卫的身躯一下子僵硬得像根钢簧。"你说的'水闸室'是指的什么？是穹顶吗？"

莫里斯点了点头，艰难地说："我说过了，这些意外正愈演愈烈。这一次是发生在海底的穹顶里。幕后主使可以在任何时候让海水灌入阿芙洛狄忒！"

5
"当心海水！"

大卫从加速行驶的平衡车上匆匆看了一眼头顶巨大的穹顶。他心想，这座建在水下的城市可需要工程奇迹才能实现。

太阳系的许多地方都建有穹顶城市，最古老和著名的是建在火星上的那些。但火星上的重力只是地球上正常重力水平的五分之二，因此压在穹顶上方的只是个含氧量低的稀薄大气层。

可在金星上，重力是地球上的六分之五，而且那些穹顶上方还压着海水。尽管这些穹顶都建在浅海里，退潮时其顶部几乎露出水面，但仍需要承受住数百万吨海水。

和大多数地球人一样（在此事上，很多金星人也是如此），大卫倾向于把人类的这些成就视为理所当然。但现在，卢·埃文斯又被押回去监禁了，与他相关的问题暂时被搁置起来，大卫敏捷的头脑飞速运转，产生了各种想法，渴望对这个新问题有所了解。

他说："莫里斯博士，穹顶是如何被支撑起来的？"

这个肥硕的金星人已经恢复了镇静。他驾驶着平衡车冲向了受威胁区域。他说话的语气依旧严厉而冷酷。

他回答："是由钢架结构的房屋里的反磁性力场支撑。看似是那些钢梁支撑着穹顶，但并非如此。钢结构不够坚固，是力场在支撑。"

大卫低头看着下面的那些挤满人类和其他生命的城市街道。"之前发生过这样的意外事故吗？"

莫里斯叹息："天哪，没出现过这样的……五分钟后，我们就会到达。"

"这些事故有没有预防措施？"大卫继续冷冷地追问。

"当然有。我们有套警报和自动力场调整系统，操作极其简单，连傻瓜都会用。整个城市分段建造，穹顶里任何局部故障都会导致那些由附属力场支撑的石棉水泥板部分坍塌。"

"也就是说即使海水灌入，城市也不会被摧毁，对吧？这一点，城市里的居民都知道？"

"当然。他们知道自己受到保护，但伙计，有相当一部分城市还是会被毁坏，必定会有一些人丧命，而财产损失也会十分严重。更糟的是，如果这些肇事者能被操控着制造一次事故，就能被控制着再次制造事故。"

大块头也在平衡车里，听到这里，他好奇地看了看大卫。这个高个子地球人心不在焉，眉头紧皱。

莫里斯随后咕哝道："到了！"车突然减速，刹车声极其刺耳。

大块头的手表显示是两点一刻，但这毫无意义，因为金星的夜晚长达十八小时，在穹顶下更是没有白昼黑夜之分。

人造灯光一如往常地亮着，建筑物也像往常一样被照亮，十分清晰。唯一不同的是里面的居民正从城市的各个角落里匆忙地拥出来，如同旋涡一样。危机的消息通过口口相传，不可思议地被传播开了。那些居民怀着病态的好奇心朝事故现场蜂拥而去，仿佛是要去看一场表演或马戏团的游行，或像地球人蜂拥着去听一场磁场音乐会一样。

警察阻止了乱哄哄的人群，为莫里斯和随行的另外两人开出一条通道。有一块厚厚的云状的石棉水泥板已经掉了下来，挡住了城市中即将被洪水淹没的区域。

莫里斯领着大卫和大块头走过一扇很大的门。人群的嘈杂声减弱，消失在身后。楼里有个人急急忙忙地朝莫里斯走来。

"莫里斯博士……"他开口说。

莫里斯抬起头,简略地对双方做了介绍:"这是总工程师莱曼·特纳。这是大卫理事和大块头琼斯。"

随后,房间的另一个地方亮起了某种信号,他冲了过去,沉重的身躯冲过去的速度却快得惊人。他回过头大声说:"特纳会接待你们俩。"

特纳大喊:"莫里斯博士,等等!"但莫里斯没听见,没有任何回应。

大卫向大块头打了个手势,那个小个子火星人向莫里斯追去。

"他是去叫莫里斯博士回来?"特纳的一边肩膀上用背带挎着一个长方形的盒子,他抚摸着盒子,十分焦急地问。他的脸枯瘦,长着棕红色的头发、鹰钩鼻、零星的雀斑和一张大嘴。他一脸烦忧。

"不是。"大卫回答,"莫里斯可能需要离开这里。我只是让我朋友跟紧他。"

"我不知道这样做有什么用。"那位工程师低语,"我不知道所做的一切有什么用。"他往嘴里塞了一根烟,漫不经心地递了一根给大卫。大卫拒绝了,但特纳好一会儿都没注意到,他站在那里,与大卫一臂之遥,手里拿着装着香烟的塑料烟盒,沉浸在自己的世界里。

大卫说:"我想,他们在疏散受威胁区域的居民?"

特纳吓了一跳,收回了香烟,然后用力吸着嘴里的那支香烟。

"是的,"他回答,"但我不知道……"他的声音渐弱。

大卫说:"城市里布满了隔离墙,所以很安全,对吧?"

"对,没错。"那名工程师喃喃低语。

大卫等了片刻,然后说:"但你不满意。你刚才想对莫里斯博士说什么?"

那位工程师急忙看着大卫,猛地拉了一下自己抱着的盒子:"没什么。忘了吧。"

他们走到了房间的一个角落里。有几个人正进入房间,他们穿着加压服,摘掉了头盔,抹着额头上的汗水。那些人的部分对话飘进了他们的耳朵里:

"……剩下不到三千人。我们现在启用了所有连锁装置……"

"……没法靠近他。所有办法都试过了。他的妻子正通过以太通信恳求他……"

"糟糕,他手里握着控制杆。只要他一拉,我们就……"

"只要我们走得够近,就能用爆能枪击毙他!只要确保他没有先看到我们……"

特纳似乎听得很入迷,但他依然待在角落里。他又点燃了一支烟,然后又将它掐灭了。

他突然爆发:"看看那边那群人。对他们而言,这起事故很有趣,令人激动!我不知道该怎么办。我告诉你,我不知道。"他又拉了一下随身携带的盒子,调整到更加舒适的位置,将它抱得更紧。

"盒子里是什么?"大卫断然发问。

特纳低下头,看着那个盒子,就像是第一次看到它一样。"是我的电脑,我自己设计的一台特别的便携式电脑。"那一刻,他声音里的自豪感盖过了担忧,"银河系里只此一台,我一直随身带着。正因如此,我才知道……"他打住了。

大卫语气严厉地说:"够了,特纳,你到底知道什么?我要你说出来,立刻说出来!"

大卫将手轻放在特纳的肩膀上,然后稍微握紧了一点儿。

特纳受惊地抬起头,大卫那双棕色眼睛平静地盯着他。"你再说一次,你叫什么名字?"他要求道。

"我是大卫·斯塔尔。"

特纳的双眼变亮。"就是被称为'小福星'的大卫·斯塔尔?"

"没错。"

"那好吧。我会告诉你,但我不能大声说,那很危险。"

他开始低语,大卫的头也向他靠过去。房间里有人匆忙地进进出出,但他们俩都丝毫不受影响。

特纳低声将那些话倾吐出来，似乎很开心能一吐为快。他说："你知道吗？城市穹顶的墙面都是双层的。每面墙都用石棉水泥板制作而成，是科学上已知的最坚固、强度最高的硅塑料，受力场大梁的支撑，可以承受巨大的压力，绝不会溶解，也不会被腐蚀，不会长出任何生命，不会与金星海洋中的任何东西发生化学反应。两层墙壁之间是压缩的二氧化碳，如果外墙坍塌，它就能破坏冲击波。当然，内墙也足够坚固，能独立挡住水波。此外，墙壁之间还有蜂巢式的隔离区，一旦有任何损坏，也只有中间的一小部分会被淹没。"

"可真是个煞费苦心的系统。"大卫说。

"相当费心。"特纳苦涩地说，"一场地震，或严格说金星震动，可能会将穹顶撕裂成两半，但没有别的东西能破坏它。而金星不会震动。"他打住了，又将之前那支烟点燃。他的双手在颤抖。"穹顶的每一平方英尺都与一直测量着墙壁之间湿度的仪器连接着。任何地方有丝毫的裂缝，这些仪器的指针就会跳动。即便这个裂缝肉眼完全看不见，小到要用显微镜才可见，指针也会跳动，然后铃声响起，警报轰鸣，所有人都会大喊'当心海水！'"

他嘴角都笑弯了。"当心海水！那只是句玩笑。我工作了十年，在此期间，这些仪器只有五次跳动的记录。每一次都只用了不到一小时就维修好了：把潜水钟别在受影响的穹顶上，把水抽出来，熔化石棉水泥板，再加入一点儿凝结材料，让其冷却。维修之后，穹顶变得更加坚固。当心海水！我们从没让一滴海水渗进来过。"

大卫说："我明白了，说重点吧。"

"斯塔尔先生，重点是人们过度自信。我们已经将危险区域分隔开了，但隔离区到底有多坚固？我们始终设想的是外墙逐渐被损坏，只出现一个小漏洞，海水逐渐流进来，我们有足够的时间来做好应对准备。但我们从没想过某一天整个闸口会被敞开，海水会像全力加速的飞船一样袭击隔离石棉水泥板屏障。"

"你是说，隔离屏障无法阻挡海水？"

"我是说从来没人思考过这个问题，从来没人计算过其袭击力量——直到半小时前。当事故发生的时候，我利用时间计算过了。我一直带着电脑，所以做了一些假设，用它进行了计算。"

"结果显示隔离屏障无法抵挡海水？"

"我不确定。我不知道自己的一些假设多有用，但我觉得它抵挡不住。那我们该怎么办？如果隔离屏障难以抵挡，阿芙洛狄忒就完了。整个城市都会完蛋。所有人，包括你们和我在内的二十五万人，都会丧命。外面的人群却十分激动，如果那人把手里的开关往下按，他们就注定完蛋了。"

大卫惊骇地看着这位工程师。"你知晓这件事多久了？"

工程师不假思索地辩护："半小时。但我们该怎么做？我们不可能让二十五万人都穿上潜水服！我一直想告诉莫里斯，也许可以让城市里的一些重要人物或妇女儿童得到保护。我不知道该选择救谁，但也许该做点什么。你觉得呢？"

"我不知道。"

工程师继续苦恼地说下去："我想，也许我该穿上潜水服，从这里逃出去，离开整个城市。出口处此时肯定没有守卫人员。"

大卫从发抖的工程师面前后退了几步，双眼眯了起来。"老天！我很迷惘。"

他转过身，冲出了房间，脑子里闪过一个念头。

6

为时已晚！

大块头在混乱中感到晕眩，不知所措。他紧跟着身穿燕尾服、焦躁不安的莫里斯，在人群中小跑着，听到他们气喘吁吁的对话，由于对金星不够了解，他并不都能听明白。

莫里斯没有机会休息。每分钟都有人来做新的汇报，做新决策。大块头只跟在莫里斯身后二十分钟，就已经有十二个计划被提出又被放弃了。

一个刚从濒危区域回来的人正喘着粗气说："他们已经把侦察射线对准了他，我们可以迫使他出来。他手里握着控制杆坐着。我们先是通过以太电波，然后用公共广播系统和外面的扩音器向他传达了他妻子的请求。我觉得他根本没听见她说话，因为他根本没动过。"

大块头咬了下嘴唇。要是大卫在这里，他会怎么做？大块头脑子里闪过的第一个想法是躲在那人身后——他名叫波普诺——将他射死。所有人的第一个念头都是这样，但立即就被否定了。手握控制杆的那人已经将自己封闭起来了，穹顶的控制室是精心设计的，会防止任何形式的干预。每个入口都安装了电线，那些警报器都由内部供电。预防措施现在起了反作用——没有起到保护作用，反而将阿芙洛狄忒置于危险中。

若是听到第一声哐当声，看到第一次信号闪烁，大块头就能确定，控制杆被拉了回去，金星的海洋就会向阿芙洛狄忒内部压来。

有人建议用毒气，但莫里斯摇头否定了，没有给出任何解释。大块头觉得自己知道这位驻金星理事的想法。那个手握控制杆的人没有生病，没有发疯，也没有坏心肠，他只是思想被控制了。这就意味着敌人有两个。他深思熟虑过，毒气可能会让握着控制杆的那人变得虚弱，以至无法拉动控制杆，但在此之前，他的大脑肯定会做出反应，而背后操控之人就会快速地让这个傀儡的手臂肌肉行动起来。

"那他们到底在等什么？"莫里斯低声咆哮，汗水顺着脸颊淌下来，"要是我能向现场发射一枚原子弹就好了。"

大块头不仅知道这不可能，而且也知道原因。即便训练有素，一枚原子弹要从最近距离击中那人，也需要足够的能量穿越四分之一英里的建筑，这会对穹顶造成巨大的破坏，这正是他们在努力避免的危险。

大块头心想，大卫在哪里？他大声说："如果你抓不住这个家伙，那用控制器怎么样？"

"你什么意思？"莫里斯问。

"我是说，我们可以在控制杆上想办法。水闸需要电才能打开，不是吗？那如果电被切断了呢？"

"大块头，好主意。但现场的每一个水闸都有应急发电机。"

"难道没办法关闭？"

"怎么关？他把自己关在里面，每一立方英尺区域都有警报器。"

大块头抬起头，仿佛看着头顶覆盖着的浩瀚海洋："跟火星上的一样，这是个封闭的城市，必须往里面注入空气，难道不是吗？"

莫里斯拿出手帕，慢慢擦着头，凝视着这个小个子火星人。"在通风管道上做文章？"

"是的。水闸处有一个通风管道，对吗？"

"当然。"

"难道沿途没有地方可以拧松、剪断或搞点什么？"

"等等，你是说，如果无法使用我们刚讨论的毒气，那可以往通风管道里推入一枚微型弹……"

"确切地说，并非如此。"大块头不耐烦地说，"是送一个人进去。水底城市需要宽阔的通风管道，对吧？难道容不下一个人？"

"那些通风管道没那么大。"莫里斯回答。

大块头艰难地吞咽了一下，过了好一会儿才继续说下去："我的身形也没有其他人魁梧，也许能容得下我。"

莫里斯低头睁大眼睛看着这个矮小的火星人："棒极了！也许你可以。你肯定行！跟我来！"

从阿芙洛狄忒的街道上看去，似乎城市里没有任何人在睡觉。在石棉水泥板隔离墙外面和"救援总部"大楼四周，人群堵塞了每条大道，黑压压的，交头接耳。总部外面设置了警戒链条，警察拿着电击枪在内侧不安地走来走去。

大卫从救援总部亡命般地跑了出来，但被警戒链条拦住了。他脑中突然闪过一百个影像。人造荧光树脂装饰品处有个明亮的信号，高高竖立在阿芙洛狄忒的天空中，没有任何可见的支撑物。

它慢慢转过来：阿芙洛狄忒，金星上美丽的休息站，欢迎大家。

附近有一队人员鱼贯前行。他们拿着奇怪的物件——鼓鼓囊囊的公文包、珠宝盒,衣服挂在手臂上,依次爬进了水上飞机。他们的身份和行动目的昭然若揭:逃离濒危区域,带上自认为重要的物品通过闸口。显然,疏散工作进行得很顺利,因为队伍里没有妇女儿童。

大卫朝路过的一名警察大喊:"能给我一架水上飞机吗?"

那名警察抬起头。"不行,先生,全部都用完了。"

大卫很不耐烦:"是科学理事会成员要办公事用。"

"那也爱莫能助。城镇上的所有水上飞机都被这些家伙使用了。"他的大拇指朝前行着的那队人员一指。

"任务紧急,我得离开这里。"

"那你只能走出去了。"警察回答。

大卫恼怒至极,牙齿咬得咯吱作响。他根本没办法步行或开车穿越拥挤的人群,只能开飞机,而且必须现在就走。

"还有没有什么我能用的?任何东西都行,有吗?"他几乎不是在对警察说话,而是不耐烦地自言自语,为自己轻易被敌人欺骗而生气。

但警察挖苦般地回答:"除非你想用跳虫车。"

"跳虫车?在哪里?"大卫的双眼发光。

"我只是开个玩笑。"警察回答。

"但我是认真的。跳虫车在哪里?"

大楼的地下室里留有几台跳虫车,但都是拆分开的。四个人被叫来帮忙,最好看的机器就这样在公众面前被组装了起来。离得最近的那些人好奇地看着,有些打趣地大喊:"跳虫车,跳!"

这就是久违的跳虫车比赛的呼声。五年前,这是风靡整个太阳系的一种时尚:在破碎、布满障碍的赛道上比拼。这种热潮持续着的时候,金星上的比赛是最狂热的。可能阿芙洛狄忒一半的大楼地下室里都有跳虫车。

大卫检查了微型反应堆,能用。他启动了引擎,陀螺仪转了起来。跳虫车立即伸直,单腿笔直地站着。

跳虫车也许是迄今发明的最怪异的交通工具。它们有个弯曲的身躯,大小刚好可以容纳一人进行操控,上面有个四叶片转子,下面有个用橡胶包住脚底的金属腿,看起来像某种涉水鸟一条腿蜷缩在身体下,单脚站着睡着了。

大卫按了一下飞跃旋钮,跳虫车的腿缩了回去。它的身躯下移到离地面不到七英尺的地方,而腿则向上移动到控制面板后面穿透车身的空心管道里。随着一声巨大的咔嚓声,那条腿在收缩到最大程度时松开了,跳虫车弹到空中三十英尺高。

车身上方的叶片不断旋转,使它跳到最高处停留了好几秒。就在这段时间内,大卫立即看到了下方的人群。人群向外延伸了半英里,这就意味着他还要多跳几次。大卫的双唇抿紧,这可要浪费好几分钟宝贵的时间。

此刻，跳虫车正在下降，长腿伸展开。下方的人群努力散开，但没必要躲避，因为四股压缩空气将他们往旁边吹得够远。跳虫车的腿猛地撞在地面上，但没有造成伤害。

跳虫车的腿击打在混凝土上，收缩了回去。刹那间，大卫看见了周围人们脸上的惊恐，然后跳虫车又再次飞到空中。

大卫不得不承认跳虫车比赛很刺激。作为年轻人，他参加过很多次。"跳虫车手"行家能以常人难以完成的方式控制自己的坐骑，在似乎容不下腿部的地方找到落脚处。与地球上开阔广袤、满是碎石的土地相比，金星的穹顶里的这种比赛肯定很乏味。

大卫跳了四下，才穿越了人群。他关闭引擎，在一连串逐渐减弱的小跳跃后，跳虫车停止了。大卫跳了出来。空中飞行依然不可能实现，但现在他可以征用一些地面上的车。

但花的时间会更多。

大块头气喘吁吁地前进，暂停片刻以便调整好呼吸。一切发生得太快，一个大浪把他冲走，现在仍卷着他往前走。

二十分钟前，他将自己的提议告诉了莫里斯。现在他爬进了一个紧紧箍着自己身体的密闭管道里，将自己淹没在黑暗中。

他再一次用手肘一英寸一英寸地往前爬，往里爬得更深。

那一刻，他停下来，用微弱的手电筒照亮前方白色的墙壁，灯光照射范围内什么也没看见。他一只手里拿着一张匆忙涂写的图表。

此前，大块头半爬半跳地来到抽水站旁的一个洞口前，莫里斯和他握了手。大风扇的转子是静止的，气流也停止了。

莫里斯曾说："我希望这没有引起他的注意。"然后和他握了握手。

大块头勉强回以一笑，等其他人离开后，他爬进了黑暗里。所有人都觉得没有必要向大块头提及显而易见的事实：他正在走向石棉水泥板屏障的另一边，人群正从那边撤离。若穹顶水闸室的控制杆在任何时候被拉了下来，水流会压扁管道，而所到之处的墙壁也弱如纸板。

大块头一边蠕动前行，一边思索着在汹涌的海水袭来之前，自己是否能先听到一阵喧嚣。他希望不会。他一秒都不想再等。如果海水要进入，他希望它快速进入。

他感觉墙面变弯曲了。他停下来查阅地图，小手电筒的微弱光亮照亮了四周。他们为他画的图显示这是第二个弯道，走向应该是朝上。

大块头侧过身，顺着弯道弯腰。他的皮肉被擦伤，脾气也上来了。

"天哪！"他低语。他用双膝抵住管道两边的墙壁，以免自己又滑下去的时候，大腿肌肉疼痛不已。他一点儿一点儿地爬上了那个缓坡。这张地图是莫里斯从阿芙洛狄忒公共工程部里挂在一台可视电话机前的一张示意图上抄下来的。他沿着弯曲的彩色线条，寻找那些标记以及符号的注解。

大块头走到一个斜穿过管道的加固支柱前。他几乎是在期盼它出现，因为他可以抓住它，双手握紧，减轻造成肘部和膝盖疼痛的压力。他将地图放回袖套里，左手抓住那根支柱，右手倒转小手电，将其末端放在支柱的一端。

封闭的微型反应堆通常通过手电筒的小灯泡供电，并将其转化为冷光，其能量也可以在另一种控制模式下在另一端建立一个微型力场。那个力场能瞬间将挡路的、单纯由物质组成的任何东西切开。大块头切换成这种控制模式，直到支柱的那端松垮地垂下来。

他两只手交换了任务，用小手电筒切割支柱的另一端，只轻轻挨近一下，就大功告成。那根支柱被松散地握在他的指间，大块头将它轻倚在身上，滑落到脚下，任它顺着管道咔嗒咔嗒地滑了下去。

海水依然被挡住，没有进来。大块头气喘吁吁地蠕动着，隐约意识到这一点。他又爬过两根支柱，到达另一个转弯处。斜坡变平了，他终于到达地图上清楚地标记着的一组挡板处。他爬过的地面长度总计可能不到两百米，但他花了很久。

海水依然被阻挡着。

那块挡板是最后的地标，它的叶片交替着从管道两侧伸出以保持气流湍动。他用手电筒末端快速掠过，切下了所有的叶片，现在他还需从最远的那块叶片开始再爬九英尺。他再次切换成手电筒模式。它长六英寸，他只得沿路反复将它放在墙上，要头尾相接地放十八次。

它掉了两次，他不得不两次折回刚刚被切掉的那块挡板叶片上略显粗糙的标记处。他边往回爬边低声咒骂："老天啊！"

第三次的时候，手电筒的第十八次放置成功完成了。大块头的手指放在那个地方。莫里斯曾说过，他的目的地几乎就在头顶正上方。大块头打开手电筒，手指顺着管道内侧弯曲的表面摸索，蜷起身子，仰面朝上。

他将手电筒切换成切割模式握在手里，几乎和他在黑暗中判断的一样，在离实际接触点大约四分之一英寸的地方（这个力场无法切得太远），他切了一个圈。碎裂的金属落在他身上，他将它推到一旁。

他将手电筒照向裸露在外的电线，认真研究。再往里几英寸可能是一间房屋的内部，距坐在气闸室里掌握控制杆的那人不到一百英尺。那人还坐在原地吗？显然，他还没有拉下控制杆（他到底在等什么？），否则现在海水肯定灌了进来，大块头早淹死了。总之，那他可能被阻止了？可能被拘留了？

大块头脸上挤出一抹苦笑,心想自己钻过一条金属虫子的肚子,也许毫无意义。

他顺着电线摸索,某个地方应该有个继电器。他轻轻拉了拉那些电线,先拉一根,然后拉另一根。他揭开一根,一个黑色的对顶锥出现在眼前。大块头松了口气,用牙咬着手电筒,腾出两只手。

他轻手轻脚,小心翼翼地将对顶锥的两个部分往相反方向拧。镍锰合金扣子松了,两个部分分离了,里面的东西露了出来。它们由一个断开的继电器组成:两个闪闪发光的接触器,一个封装在力场转换器里,与另一个之间有个几乎察觉不到的缝隙。在适当的刺激下,比如拉下一根小的控制杆,力场转换器会启动能量,将另一个接触器拉下来,输送电流通过闭合触点,打开穹顶里的一个水闸。这一过程都将在百万分之一秒内完成。

此刻,任务还差一秒就完成了,大块头大汗淋漓,有些期待最后时刻的到来。他从背心口袋里摸出一块绝缘塑料,因为受身体温度的影响,它几乎变软了。他揉搓了一下,然后细致地将它放在两个接触器几乎要相交的地方,数到三后又将它拿开了。

两个接触器可能即将闭合,但两者之间必须有一张这样的塑料薄膜,以阻止电流通过。

操纵杆现在可以被拉下来了,但水闸不会打开。

大块头笑着往回爬,越过那个叶片的残骸,经过了他刚切断的那些支柱,沿着斜坡滑下……

整个城市已陷入一片混乱,大块头在混乱中拼命寻找大卫。掌握着控制杆的那人已经被扣押了,石棉水泥板屏障已经被抬升起来,人群正往被抛弃的家园蜂拥而去(很大程度上,他们对市政府允许这起事故发生而感到愤怒)。对那些刚才如此绝望地等待灾难来临的人群而言,恐惧消除的信号就是度过一个欢乐的假期。

最后,莫里斯突然出现,一只手抓住大块头的手腕。"大卫在呼叫你。"

大块头震惊了:"从哪里呼叫我?"

"从我在科学理事会的办公室里。你所做的一切,我已经告诉他了。"

大块头高兴得脸颊涨红。大卫肯定会为他感到自豪!他说:"我想跟他说话。"

但屏幕上大卫的脸很严肃。他说:"大块头,恭喜了。我听说了你的举动,很了不起。"

"这没什么,"大块头咧嘴笑了,"但你刚才去哪里了?"

大卫问:"莫里斯博士在旁边吗?我没看见他。"

莫里斯把脸凑到显示屏前:"我在这里。"

"据我得知,你们已经抓住了掌握控制杆的人。"

"是的。我们确实抓到了,幸亏有大块头。"莫里斯说。

"那让我猜猜,你们走近他的时候,他没有拉下控制杆。他干脆放弃了。"

"没错。"莫里斯皱起眉头,"但你这样猜测的依据是什么?"

"因为水闸室里的整个事件只是烟幕弹,真正的破坏应该是发生在这里。我意识到这一点后就赶过来。我努力返回,只能用跳虫车越过人群,剩下的路是开车过来的。"

"结果呢?"莫里斯十分焦急。

"我来得太迟了!"大卫回答。

7 问询

那一天结束,人群散去。整个城市一片静谧,似乎所有人都睡着了,只偶尔有两三人仍在讨论过去几个小时里发生的事情。

大块头很恼怒。

他和莫里斯一起离开了刚才的危险现场,迅速赶到了科学理事会总部。在总部,莫里斯和大卫召开了会议,但大块头被禁止参加。会上,那个驻金星的理事十分愤怒,大卫依然平静,但沉默寡言。

甚至等到只剩自己和大卫两人在一起的时候,大卫也只说了句:"我们回酒店吧。我想睡觉,你今天玩了那个小游戏,也需要休息。"

正如往常完全心不在焉时一样,他低声哼着科学理事会的进行曲,向一辆路过的收费汽车打了手势。看到他伸出手,手指摊开,那辆车的光电扫描仪就记录了下来,然后自动停下。

大卫推着大块头上了车。他将仪表盘调到阿芙洛狄忒的贝尔维尤宾馆的坐标位置,投入了适量的硬币,剩下的交给车上的电脑接管。他用脚把变速杆调到低速。

汽车平稳地往前行驶。大块头如果思维不那么活跃和好奇,肯定会发现这很舒适,适合休息。

大卫似乎只想休息和思考。他靠着座位衬垫,闭上了眼睛。快到旅馆的时候,收费车自动找到旅馆车库的旅客集散点,让大卫惊讶得张大了嘴。

回到房间后,大块头立即爆发了。他大喊:"大卫,究竟是怎么回事?我快疯了,我一定要弄明白。"

大卫脱下衬衫:"实际上,这只是个逻辑问题。今天之前,那些思想被控制的人制造的是哪种事故?莫里斯提到的是哪种?一个男人捐了钱,另一人弄掉了一捆水草,还有一个往酵母营养液里投毒。所有这些事件都只是小动作,但也是种行动,而且都得逞了。"

"那又如何?"大块头问。

"好吧,今天的事故呢?这可根本不是小动作,而是大动作。但这不是行动，这与真正的行动恰恰相反：那人将手放在穹顶水闸室的控制杆上，什么也没做！"

大卫消失在盥洗室里，大块头能听见细细的流水声和突然变成喷流后大卫闷闷的喘息声。大块头最终跟了上去，粗鲁地低声抱怨。

"嘿！"他大喊。

大卫在一阵阵翻腾的热气中吹干肌肉发达的身体。"你还没明白？"

"天哪，大卫，你别搞得神神秘秘的，行吗？你知道，我讨厌这样。"

"但这根本没什么神秘的。背后的控制者完全改变了风格，必定事出有因。难道你没看出来他让那人坐在水闸室控制杆旁边却什么都没做的原因？"

"我说过我没看出来。"

"好吧，这起事故造成了什么后果？"

"什么也没有。"

"没有？老天！没有吗？他们让一半的居民和几乎所有官员都以双倍速度赶去了濒危区域。我、你还有莫里斯都去了那里。这座城市大部分地区都空无一人，包括科学理事会总部。我太迟钝了，以至于直到城市的总工程师特纳提及在警力被破坏的情况下，离开城市是多么容易的时候，我才意识到到底是怎么回事。"

"我还是不明白。大卫，告诉我吧，我要……"

"伙计，等等。"大卫用一只大手掌抓住大块头威胁的双拳，"事情是这样的，我竭尽全力快速返回了总部，发现卢·埃文斯已经离开了。"

"他们把他带到哪里去了？"

"如果你说的是科学理事会，那他们哪里都没带他去。他逃走了。他打倒了一名守卫，攫取了一件武器，用他科学理事会手腕上的标志弄到了一艘潜水船，逃到大海里去了。"

"这是他们真正的目的？"

"显然是。对整个城市发起威胁事实上只是声东击西。一旦埃文斯安全逃到海洋里，水闸室里的那人的控制就被解除了，自然他就投降了。"

大块头的嘴张大了。"天哪！那我在通风管道里做的一切都白费了。我才是个彻头彻尾的大傻瓜。"

"不，大块头，你不是。"大卫语气严肃，"你做得很好，十分出色，科学理事会即将得知这个消息。"

小个子火星人的脸红了，一时间骄傲无比。大卫趁机爬上了床。

大块头说："但大卫，那意味着……我是说，如果埃文斯理事在思想控制者的诡计下逃走的话，他就有罪，是吧？"

"不，"大卫语气激烈地回答，"他没有！"

大块头等着，但大卫没再多说，大块头的直觉告诉自己该结束这个话题了。直到他洗完澡，脱掉衣服钻到凉爽的被子下的时候，他又试着重提这个话题。

"大卫？"

"怎么了，大块头？"

"下一步我们该怎么做？"

"追捕卢·埃文斯。"

"我们吗？那莫里斯呢？"

"我现在接管了这个案子。我让康威理事长把相关资料从地球的那端传了过来。"

大块头在黑暗中点了点头。这就解释了为什么他自己没被允许参加刚才的会议。尽管他可能是大卫的朋友，但并不是科学理事会的成员。大卫要接手同事的权力，请求获得地球和中央总部的权威人士的支持，在这种情况下，非正式成员则被严格禁止参会和见证一切。

但现在，他又燃起了行动的欲望。他们可能需要进入内行星上最深最广阔的海洋。他兴奋地问："我们最早什么时候出发？"

"只要他们装备好准备出发的船就行，但我们先得见见特纳。"

"见总工程师？为什么？"

"我有今天之前城市里各种思想控制事故的那些受控者的档案,但我想知道穹顶水闸室里那人的情况。特纳可能最了解他的情况。但在我们去见特纳之前……"

"什么?"

"在此之前,你这个火星小家伙,我们先睡觉。现在闭上嘴。"

特纳的住所是套相当大的公寓,似乎是供行政级别很高的人居住的。大块头轻轻吹着口哨进入了有镶板墙和立体海景的大厅。大卫带头走进一辆运送车里,按下了特纳公寓的房间号。

运送车将他们升高到五楼,然后转到水平方向,沿着定向的力梁,停在特纳公寓的后门外面。他们走出来,运送车嗖嗖作响地急速离开了,消失在走廊的拐弯处。

大块头惊讶地看着。"我之前从没见过这样的车。"

"这是项金星发明,"大卫回答,"金星人现在也将它引入到地球上的新公寓里。我们无法将之引入到以前的公寓里,除非重新给每一栋大楼设计安装一系列特殊的运送车工作通道。"

大卫触摸了一下指示器,它立即变成红色。门开了,一个妇女探出头看着他们。她身材瘦小,很年轻,也十分漂亮,像金星人一样长着双蓝眼睛,金发轻柔地往后梳,遮住了耳朵。

"斯塔尔先生?"

"特纳夫人,我是。"大卫回答。对于怎么称呼她,他犹豫了片刻,因为她太年轻,不像家庭主妇。

她对他们友好地微笑。"你们不进来吗?我丈夫一直期盼着你们来,但他睡了还不到两小时,而且他不太……"

他们走了进去,房门在身后关上。

大卫说:"这么早来打扰你们,实在抱歉,但情况紧急,我觉得我们可能会叨扰特纳先生很长时间。"

"我明白。没关系。"她手忙脚乱地在房间里走来走去,整理着那些根本无须整理的东西。

大块头好奇地四处打量。这套公寓女性化十足——色彩斑斓,饰有褶边,精致美丽。他尴尬地发现女主人盯着自己,就笨拙地说:"小姐……啊……夫人,你的房子真漂亮。"

她微微一笑:"谢谢。我想,莱曼可能不那么喜欢我将房间这么装扮,但他从没反对过,我就是喜欢诸如此类的小装饰品。你们不喜欢吧?"

大卫觉得大块头无须回答,所以直接发问:"你和特纳先生在这里住了很久?"

"我们结婚后才住进来,不到一年。这套房子十分可爱,可能是阿芙洛狄忒最好的。这套公寓拥有完全独立的公用设施,有自己的飞船库和一个中央通信器,下面甚至还有几间密室。想一想，密室！从没人用过，即使在昨晚也没用。至少我觉得没人用过，但我不敢肯定，因为在那段刺激时刻，我睡着了。莱曼回家之前，我丝毫都没听见。"

"也许那样最好，"大卫说，"你躲过了一场惊吓。"

"据你所言，我是错过了场刺激体验。"她反驳，"事故最激烈的时候，公寓里所有的人都在外面。我完全睡过去了，没人叫醒我。我感觉糟透了。"

"为什么糟透了？"一个新声音传来，莱曼·特纳走进房间里。他的头发凌乱，普普通通的脸上还有压痕，双眼惺忪。他一只手臂夹着珍贵的电脑，坐下来的时候把它放在了椅子下面。

"因为我错过了刺激的事件。"年轻的妻子问，"莱曼，你感觉如何？"

"很好。别在意错过了刺激事件。我很开心你……你好，斯塔尔。抱歉让你久等了。"

"我只来了一小会儿。"大卫回答。

特纳夫人奔向她丈夫，在他脸上快速轻吻了一下。"现在，我最好让你们单独聊聊。"

特纳轻拍妻子的肩膀，深情地目送她离开。他说："先生们，抱歉让你们看见我这副模样，但在过去的几个小时里我过得很艰难。"

"我很清楚。穹顶现在的状况如何？"

特纳揉了揉眼睛。"我们将每个水闸的守卫加倍，将控件设置得没那么自动化，很大程度上逆转了上个世纪的工程趋势。我们正在把电线接到城市的各个地方，以便可以在远处切断电源，好防止类似事件再次发生。当然，我们会加固石棉水泥板屏障，从城市的不同区域进行防护……你们要吸烟吗？"

"不要。"大卫回答，大块头也摇了摇头。

特纳说："好吧，那你们能从自动售货机里帮我取支烟吗？那个机器看起来像条鱼吧？没错。那是我妻子买来的一样小商品。我没有阻止她摆弄这些可笑的小玩意儿，她很喜欢。"他有点脸红，"我们才结婚不久，恐怕我仍宠着她。"

大卫好奇地看着那条用石头一样的绿色材料雕刻而成的奇怪的鱼，当他按下背鳍的时候，它的嘴里冒出了一根点燃的香烟。

特纳吸着烟，似乎很放松。他两腿交叉，一只脚在电脑箱上缓慢地来回移动。

大卫问："关于这起事故的始作俑者有什么新发现吗？坐在水闸室的那人怎么样？"

"他被监视着。显然，他是个精神病患者。"

"他有精神失常的记录吗？"

"根本没有。这是我调查内容的一项。你知道的,作为总工程师,穹顶里全体人员都归我管辖。"

"我知道,所以我才来这里找你。"

"嗯,我希望自己能帮上忙,但那人只是个普通雇员。他来我们这里已经有七个月了,之前从没惹过麻烦。实际上,他的档案记录很好:安静,谦逊,勤勉。"

"只有七个月?"

"没错。"

"他是工程师吗?"

"他被评为了工程师,但实际上的工作基本上是在水闸室里站岗放哨。毕竟,城市里的交通工具进进出出,闸门也必须反复开关,需要检查提单,做好记录。比起做工程,他做的管理穹顶的工作更多。"

"他有没有实际的工程经验?"

"只修过一门初级学院课程。这是他的第一份工作,他还非常年轻。"

大卫点了点头,随口说:"据我所知,这个城市最近发生了一系列奇怪的事故。"

"有吗?"特纳疲倦的双眼盯着大卫,耸了耸肩,"我很少有机会去查看以太信息接收记录。"

通信器嗡嗡作响,特纳举起来贴到耳朵上一会儿。"斯塔尔，找你的。"

大卫点了点头。"我留过言说我到这里来了。"他接过通信器，但没有激活屏幕，也没有把声音开到扬声器模式。他回答："我是斯塔尔。"

然后他放下通信器，站了起来。"特纳，我们现在得走了。"

特纳也站了起来。"好吧。如果需要我帮忙，随时呼叫我。"

"谢谢。代我们向你妻子问好，好吗？"

走出大楼后，大块头问："出什么事了？"

"我们的船准备好了。"大卫招停了一辆地面车。

他们上了车，大块头再次打破沉默。"你从特纳那里有什么发现吗？"

"有一些。"大卫简略回答。

大块头不安地动了动身子，转换了话题。"希望我们能找到埃文斯。"

"我也希望。"

"天哪，他现在被通缉了。我想到这一点，感觉情况似乎越来越糟糕。无论是否有罪，上级官员以腐败为由要求把他免职都是件很痛苦的事情。"

大卫转过来，低头看着大块头。"莫里斯从未向中央总部发送过任何与埃文斯相关的报告。我想，从昨天和他的谈话中，你已经知道了。"

"他没有？"大块头满脸质疑，"那到底是谁发的？"

"我的老天！"大卫说，"相当明显啊，是卢·埃文斯自己用莫里斯的名义发送的消息。"

# 8

追踪埃文斯

他掌握了操纵控制装置的方法,越来越熟练地操控着这艘苗条的潜水船,而且开始找到了在海底驾驶的感觉。

那些人将船交给他们的时候,非常担忧地建议他们学习一下船只的操作与管理指导课程,但大卫只是微笑着问了几个问题,而大块头用自己一贯狂傲自大的口吻说:"没有什么是我和大卫无法掌控的。"不管是不是自夸,事实确实几乎如此。

这艘船名叫"希尔达号",此刻发动机关闭了,船正慢慢下降,平稳而轻松地穿透金星海洋如墨的黑暗。他们双眼什么也看不见,在黑暗中航行。这艘船的强力照明灯一次都没打开过。相反,探测前方的深渊,雷达比光探测得更细致,提供的信息更多。

雷达脉冲以选定的微波发射出去,这些微波被设计成从潜艇外壳的金属合金中获得最大的反射。在数百英里范围内,微波在各个方向探测着,寻找能让它们反射回来的特殊金属物。

到目前为止,没有返回任何信息,"希尔达号"在淤泥上方半英里处停了下来,除了随着环抱着金星的洋流的强力摆动而慢慢摇晃外,一动不动。

第一个小时里,大块头几乎没留意到那些微波和它们搜寻的目标。他沉迷于舷窗外的奇观。

金星的水下生物会发出磷光,黑色的海洋深处点缀着各种颜色的亮光,比太空里的星星还多,还大,还亮,关键是还在移动着。大块头的鼻子紧贴着舷窗厚厚的玻璃,都被压扁了,他看着窗外的景象,心驰神往。

有些生命形式是圆形的小斑点,运动缓慢,激起水波。有一些是疾飞的线条,还有些是大卫和大块头在绿色餐厅里看到的那种海草。

片刻之后,大卫也加入了观赏行列。他说:"如果我记得异域动物学……"

"什么?"

"大块头,那是对地球外的动物进行研究的学科。我刚刚一直在翻阅一本与金星生物有关的书。我把它放在你的床铺上，以备万一你想看。"

"没关系。我直接听你讲吧。"

"那好吧。我们从这些小生物开始。我想它们像一群播放和停止按钮。"

"按钮？"大块头发出疑问，然后说，"确实是，我明白你的意思了。"

透过舷窗可以看见一系列发光的黄色椭圆形生物在黑色的领域里穿行，每一个身上都有两段平行的黑色标记。它们短暂地向前冲刺，停一会儿，又继续游动。视线里的几十个同时移动，也同时休息，所以大块头有种奇怪的游泳的感觉，感觉那些"按钮"根本没动，但每隔半分钟左右，船会摇晃一下。

大卫说："我觉得它们是在产卵。"他沉默了很久，然后说，"这些东西，大部分我都不认识。等等！那一定是个鲜红色的斑点。看到了吗？是个轮廓不规则的暗红色的东西，它以那些'按钮'为食。当心！"

当留意到这只猛扑过来的捕食者的时候，那些黄色的光斑有一阵骚动，但十几个"按钮"被愤怒的鲜红色斑点遮住了。之后，舷窗视野范围内的光源就只剩下那个红色斑点了。它四周的"按钮"全部散开了。

"据书上说，"大卫说，"这个斑点的形状就像一个大煎饼，从边缘向下翻转；除了中间有个小脑袋外，只剩下皮肤，只有一英寸厚。你可以在十几个地方一次次地撕扯它，却不会伤害到它们。看到我们刚才观察的那只是多么不规则了吗？它可能被箭鱼咬碎了一些。"

那个鲜红色斑点移动起来，漂移出视线外。原来的地方"按钮"已所剩无几，只有一两缕微弱的、奄奄一息的黄光。那些"按钮"又渐渐游了回来。

大卫说："这种鲜红色的斑块只栖息在底部，边缘附着在软泥上，消化和吸收自己所捕食的所有东西。还有种黄色斑块，攻击性更强。尽管只有一英尺宽，比纸还薄一点儿，但它可以射出一股水，足以让人跟跄。大一些的破坏力更厉害。"

"有多大？"大块头问。

"我也不知道。这本书里也有一些与有些巨兽有关的报告：一英里长的箭鱼和能吞没整个阿芙洛狄忒城市的斑块，但没有真正的案例。"

"一英里长！我敢打赌，这绝对不是真的。"

大卫挑了挑眉。"这并不是不可能。这里的这些都只是浅水区域里的生物。金星海洋的某些地方有十英里深，足以容纳很多东西。"

大块头怀疑地看着大卫。"你纯粹是胡诌和卖弄。"他突然转过身走开了，"我想，我还是得看看那本书。"

"希尔达号"继续前行，找到一个新位置，那些微波射了出去，反复搜寻，然后再移动一段，又继续搜寻。大卫慢慢地排查着阿芙洛狄忒所依托的水下高地。

他在仪器前严肃地等待着。他的朋友卢·埃文斯必定在这里的某个地方。埃文斯的船既不能在大气里也不能在太空里航行，也不能在任何深度超过两英里的海洋里行驶，所以他肯定只能被局限在阿芙洛狄忒水下高地相对较浅的水域里。

当他第二次自言自语地重复"必定"一词的时候，第一次应答信号立即吸引了他的注意。根据微波的反馈，大卫将测向器固定在适当的位置，应答信号照亮了整个接收区域。

大块头立即将手放在大卫肩膀上。"在那儿！在那里！"

"也许，"大卫回答，"也有可能是其他船只，或只是一艘沉船。"

"大卫，锁定位置。天哪，锁定位置！"

"伙计，我正在做，而且我们也在行进。"

大块头感觉到了加速，听见螺旋桨的转动声。

大卫凑近无线电发射器及其解码器，他的声音很急迫。"卢！卢·埃文斯！我是大卫！收到请回答！卢！卢·埃文斯！"

这些话一遍又一遍地沿着以太通信线路传送出去。随着两艘船的距离变短，应答的微波信号点也越来越亮。

无人回答。

大块头说:"大卫,那艘我们正向它发送信号的船根本没有移动。也许只是艘沉船。如果是埃文斯的船,他肯定会回应或逃离我们,不是吗?"

"嘘!"大卫回答。他对着发射器讲话的时候,语气既平稳又急切:"卢!躲起来也无济于事。我知道真相。我知道你为什么以莫里斯的名义给地球发送信息,要求召回自己。我知道你怀疑谁是敌人。卢·埃文斯!收到请回答……"

接收器被静电干扰,噼啪作响。声音从解码器里传出,变成明白易懂的句子:"离远些!如果你知道这些,那就滚得远远的!"

大卫松了口气,咧嘴笑了。大块头高声欢呼。

"你找到他了。"小个子火星人大喊。

"我们来接你。"大卫对着发射器说,"等一等。你和我,我们会战胜困境。"

埃文斯的回应慢慢传了回来,"你不……明白……我努力……"然后几乎变成尖叫,"大卫,为了地球,你快滚开!不许再靠近!"

接收器里再无回应。"希尔达号"继续朝着埃文斯的船只方向驶去。大卫向后倚靠,皱着眉头。他低语:"要是他那么害怕,为什么不逃走?"

大块头没听见，兴高采烈地说："大卫，好极了。你诱哄他回应的方法太棒了。"

"大块头，我并非在诱哄。"大卫的语气很认真，"我知道整件事情的关键。如果你仔细想一想，也会想明白的。"

大块头颤抖着问："你在说什么？"

"还记得莫里斯博士、你和我进入那个小房间，等着卢·埃文斯被带进来的时候吗？还记得发生的第一件事吗？"

"不记得。"

"你开始发笑。你说我没有胡须，看起来有点奇怪和畸形。我告诉你，我觉得你也是。记起来了吗？"

"啊，是的。我想起来了。"

"你有没有想过为什么会这样？我们一直看了几个小时长胡子的金星人，为什么我们两个都在那个特定的时刻突然有这样的想法？"

"我不知道。"

"我认为是某个有心灵感应能力的人有了这个想法，然后将这种惊讶的感觉从他的大脑里传入我们脑中。"

"你说的是思想控制者？难道当时房间里也有一名思想控制者？"

"难道还不够清楚吗？"

"但这不可能。房间里除了我们，只有莫里斯博士……大卫！你说的不会是莫里斯博士吧？"

"莫里斯已经看了我们几个小时，他怎么会突然对我们没有胡子而感到惊讶呢？"

"那是有人藏起来了？"

"没有藏起来。"大卫回答，"当时房间里还有另一个有生命的生物，而且就在我们眼前。"

"没有，"大块头说，"不，没有。"他突然笑了，"天哪，你不会说的是那只V形青蛙吧？"

"为什么不会？"大卫的语气很平静，"可能我们是它所见到的第一个没有胡子的人，它很吃惊。"

"但这不可能。"

"是吗？这些青蛙遍布整个城市。人们将它们聚集起来，喂养和宠爱它们。那些人真的喜爱V形青蛙吗？还是V形青蛙通过控制人类的思想来激发出他们的爱护之情，从而让自己得到食物和照顾？"

"天哪，大卫！"大块头说，"人们喜欢它们并不奇怪。它们很可爱，人们无须被催眠，都会生出喜爱之情。"

"大块头，你是不由自主地喜欢它们？不受其他因素驱使？"

"我很确定自己很喜欢它们，没受任何其他因素影响，是我自己本身就很喜欢。"

"你只是纯粹喜欢它们？你看见第一只V形青蛙两分钟后，

就给它喂食。还记得吗？"

"这没什么不对劲吧？"

"嗯，但你喂它吃的什么？"

"是它喜欢吃的豌豆，蘸了车轴油……"大块头的声音减弱了。

"确实是。那油脂闻起来像是车轴润滑油。这没什么问题。但你怎么将豌豆蘸进去了？你总是给宠物喂车轴润滑油吗？"

"我的天哪！"大块头有些动摇。

"很显然，是V形青蛙想要一些，刚好你就在旁边，它就操纵你喂它们……你的行为并不受自己支配。"

大块头低语："我从没想过。但听你这么一说，我觉得很清晰了。我感觉很糟。"

"为什么？"

"这是种很可恶的动物，将自己的想法植入我们大脑里。这很病态。"他淘气的笑脸皱成一团，露出极度厌恶的表情。

大卫说："不幸的是，这不仅病态，而且更糟糕。"

他转身回到仪器前。

微波发射和接收的间隔时间显示两艘船之间的距离已不足半英里。突然之间，雷达屏幕上清晰无误地显示出埃文斯潜水艇的影子。

大卫从发射器传出信息："埃文斯，我看到你了。你能移动吗？你的船出故障了？"

埃文斯情绪激动，叫喊着回答："天哪，大卫，我该拿你怎么办？我已经尽最大努力警告你了。你中圈套了，跟我一样中了诡计。"

似乎是要打断埃文斯的叫喊，一股力量袭击了"希尔达号"，将它撞到一边，损坏了主发动机。

9
海洋深处

在大块头的记忆中,接下来几个小时发生的事情就如在望远镜另一端观察一样,是一场遥远的噩梦,全是混乱的事件。

大块头被突如其来的冲击力撞到墙上。他摊开四肢躺着,大口喘气,感觉似乎过了很长一段时间,但实际上可能只有一秒多。

大卫依然操控着控制器大喊:"主发动机坏了!"

甲板疯狂倾斜,大块头挣扎着要站起来。"发生什么事了?"

"显然,我们被撞了,但我不知道被撞得有多糟糕。"

大块头说:"灯还亮着。"

"我知道。应急发电机已经启用了。"

"主发动机怎么样了?"

"不清楚。我正在检验。"

那些发动机在下面和后面某些地方嘶哑作响,平稳的颤动声消失了,取而代之的是痨病患者发出的那种咔嚓声,大块头听了牙齿直打战。

像只受了伤的动物,"希尔达号"摇晃了一下,直立起来。发动机再次熄火了。

无线电接收器凄厉地响着,大块头恢复了知觉,伸手去够。

"斯塔尔,"接收器里传来声音,"大卫!我是埃文斯。收到请回复。"

大卫先拿到接收器。"我是大卫。我们被什么撞了?"

"没关系,"接收器里传来疲惫的声音,"它不会再找你麻烦了,只会让你坐在这里等死。我告诫过你,你为什么不走得远远的?"

"埃文斯,你的船发生故障了吗?"

"已经止步不前十二个小时了。没有灯,没有电……只有无线电设备里还有一点儿,但也即将耗尽。空气过滤器被撞碎了,空气储备很少。大卫,我说完了。"

"你能出来吗?"

"水闸装置失灵了。我穿上了一套潜水服,但只要我闯出去,就会被撞得粉身碎骨。"

大块头知道卢·埃文斯的意思，他开始发抖。潜水船只上的水闸专门设计为可以让海水十分缓慢地进入连锁室，但在海底凿开船闸，试图从船里逃出去，就意味着几百万吨压力的海水灌入。一个人类，即便穿着金属衣服，也会像打桩机下的一个空锡罐一样被压碎。

大卫说："我们还能航行。我来找你，将船闸连起来。"

"谢谢，但你为什么要来呢？如果你移动，就会再次被撞。即便没被撞，那么我是在自己船上死得快点，和在你的船上死得慢些，有差别吗？"

大卫生气地反驳："如果我们注定死亡，那我坦然接受，但不到最后一刻都不能放弃。每个人都有死去的那天，无法逃避，但没必要选择现在就放弃。"

他转身对大块头说："去引擎室查看一下损坏程度。我想知道还能不能修好。"

在引擎室里，大块头借助远距离的操纵器，摸索着"滚烫"的微型柱，幸运的是操纵器还能正常运作。他能感觉到这艘船在海底痛苦地蠕动着，能听到马达发出的嘶哑刺耳的声音。每次他听到遥远的轰隆声，随之而来的就是一阵穿透"希尔达号"船身的呻吟般的咔嚓声，像是有颗大炮弹在一百码外的海底爆炸。

他感觉到船停了下来，引擎声减弱成沙哑的隆隆声。大块头可以想象"希尔达号"的船闸伸出去，与另一艘船的闸体紧紧连接在一起。他能感觉到两艘船之间管道里的海水被抽了出去。事实上，当应急发电机的电量消耗到危险程度的时候，他看到引擎室的灯光变暗了。卢·埃文斯可以在干燥的空气中从自己的船走进"希尔达号"，不需要人为的保护。

大块头爬到控制室里，发现卢·埃文斯已经和大卫待在一起了。在金色的胡茬映衬下，埃文斯的脸憔悴不堪，勉强朝大块头微微一笑。

大卫说："卢，继续。"

埃文斯说："大卫，起初我有种最强烈的预感。我跟踪每一个发生过这种怪异事件的人。我发现他们有唯一的共同之处，都是V形青蛙饲养迷。金星上的所有人或多或少都喜欢养，但这几个人都养了一屋子的这种动物。我没有勇气在没有事实依据的情况下提出这个推论。只要我……总之，我决定努力诱捕这种青蛙，证明它能使一些知识和东西侵入我自己和其他很少一部分人的脑中。"

大卫问："所以你想用酵母的数据来进行实验？"

"这显而易见。我必须掌握一些超乎常识的知识，否则我怎么能确定它获取了我知道的信息？酵母数据很适合做检验。我无法合法地得到，所以偷走了一些。我从总部借了一只V

形青蛙，将它放在我的桌子旁，然后我翻阅那些数据报告，甚至大声地读出一些。两天后，一家酵母菌厂发生了一场事故，和我读到的内容完全吻合，我才非常肯定 V 形青蛙就是这场混乱的幕后黑手。只是……"

"只是什么？"

"只是我不够聪明，"埃文斯回答，"让它们侵入了我的思想。我铺好红地毯，邀请它们进入，但现在却赶不走了。那些警卫开始寻找数据报告，得知我在大楼里，所以派出一名非常礼貌的特工来对我进行问询。我准备归还报告和做出解释，但我不能。"

"你不能？这是什么意思？"

"我不能。我内心想，但身体却无法做到，没法说出合适的词句，无法说出任何与 V 形青蛙相关的内容。我甚至不断冒出自杀的冲动，但还是克制住了。它们没法让我做出一些与我本性相差甚远的事情。于是我想：只要我能离开金星，只要能远离 V 形青蛙，就能摆脱它们的控制。所以，我做了一件自认为会立刻让自己被召回地球的事情——我以莫里斯的名义控告自己贪污。"

"是的，"大卫冷酷地回答，"我已经猜到了。"

"你怎么猜到的？"埃文斯震惊不已。

"我们到达阿芙洛狄忒后，莫里斯很快就告诉了我们你所做的一切，表达了他的看法。他最后说自己正准备向中央总部提交相关报告。他没说他已经发送了——只是说自己正在准备报告。但我知道地球已经收到了信息。除了莫里斯外，谁还知道科学理事会的密码，也知道详情？只剩你自己。"

埃文斯点了点头，苦涩地说："他们没有把我召回，反而派你们来了，是吧？"

"卢，是我坚持的。我不相信任何怀疑你腐败的指控。"

埃文斯把脑袋埋进双手里。"大卫，这是你做得最糟的事情。你在亚以太通信上说你要来的时候，我乞求你别来，不是吗？我不能告诉你原因，我从生理层面无法做到。但那些V形青蛙肯定从我的思想里了解到你是个多么了不起的人物。它们通过读取我的想法而知晓了你的能力，它们要杀了你。"

"而且差点得逞。"大卫低语。

"这一次，它们会成功。大卫，为此我真的很抱歉，但我控制不了自己。它们麻痹了气闸室里的那人的时候，我无法控制自己逃跑和离开海洋的冲动。当然，你们也跟来了。我是诱饵，而你们就是受害者。我再次让你们离得远远的，但我无法解释，解释不了……"

他战栗着深吸了一口气。"但现在，我能说出来了。它们不再控制我的思想。我觉得，因为我们被困住了，反正也和死人无异，所以不值得它们耗费精力来进行思想控制了。"

大块头一直听着,越来越迷惑。"天哪,到底发生了什么?为什么我们和死人无异?"

埃文斯的头依然埋在双手里,没有回答。

大卫皱着眉头,若有所思地说:"我们在一块橘色的斑块下方,是金星海洋深处一个超极大的斑块。"

"大到足以能盖住整艘船?"

"是个直径两英里的斑块!"大卫回答,"两英里宽。第一次差点把我们的船拍得碎裂,我们向埃文斯艰难行进的时候,差点撞到我们的是它喷出的一股海水。就是如此!是一股破坏力和冲击力巨大的海水。"

"那我们怎么会看不见它,钻到它下面了?"

大卫回答:"埃文斯怀疑是它受到 V 形青蛙的思想控制,我觉得他猜测得对。它可以收缩皮肤中的感光细胞来减弱荧光亮度,可以掀起身体的一角让我们进去,所以我们现在就坐在这底下了。"

"如果我们移动或试图逃出去,那个斑块就会再次锁定我们,它永远不会失败。"

大卫思索了一下,突然说:"但这个斑块确实失过手!我们驾驶着'希尔达号',只以四分之一的速度朝你的船驶来的时候,它就没能锁定我们。"他转向大块头,双眼眯起来,"大块头,那些主发电机还能修好吗?"

大块头几乎快忘记引擎的事了。他回过神来回答:"噢……微型柱队列没被撞坏,只要能找到所需的所有器材,就能修好。"

"要多长时间?"

"几个小时,也许。"

"那就去忙活吧。我要去海里。"

埃文斯抬起头,震惊不已:"你说什么?"

"我要去跟踪那个斑块。"他已经站在存放潜水服的柜子前,确保微型力场内衬完好、动力充足,检查氧气瓶是否装满了,做好了出发的准备。

置身于绝对的黑暗中,给人一种宁静、似乎没有危险的错觉,但大卫非常清楚,下面就是海洋底部,上方和周围各个方向都有一具两英里宽、倒置的橡胶似的肉身。

潜水服的泵把水往下喷射,他缓缓向上浮去。他拔出武器,拿在手里,情不自禁地对自己手中的水下爆能枪感到惊奇。尽管人类在自己的地球家园上很有创造力,但适应外星球上残酷环境的必要性似乎使他们的创造力增加了一百倍。

美洲新大陆曾迸发出来自欧洲的祖先永远无法复制的非凡才华,金星现在正在向地球展示它的能力。比如,这里有海中穹顶城市。地球上任何地方都不能把力场如此巧妙地编织成钢架。他身穿的这套潜水服有内部支撑的微型力场,抵挡得住海水压力（只要巨大的海水压力足够慢地侵入），那套服装在其他方面也都是工程学的杰作，它用于水下行进的喷射装置、高效的氧气供应和袖珍的控制装置都是最好的。

他手里拿的武器也是最棒的！

但他的思路立即跳回到上方的巨兽身上。它也是种金星发明，是金星进化的产物。地球上会有这样的生物吗？陆地上当然没有，因为在地球引力的作用下，活体组织无法承受超过四十吨的重量。地球中生代时期的巨型雷龙有像树干一样的腿，但必须待在沼泽里，以便利用水帮助自己浮起来。

这就是关键所在：水的浮力。大洋里可能存在任何大小的生物，有地球上的那种鲸，比曾经活着的任何恐龙都大。他估计，上方的这个巨大的斑块肯定有两亿吨重。大卫思索着它的年龄有多老。这个生物长得跟两百万只鲸一样大，那得有多老？一百岁？一千岁？谁知道呢？

即便在海洋里，巨大的体形也可能是致命的弱点，是导致灭亡的原因。它长得越大，反应就越迟钝，移动就需要更长的反应时间。

埃文斯认为，这只巨兽没再向他们喷射水柱，是因为它已经让他们丧失了逃生能力。它，更确切地说，是操纵它的那些V形青蛙对他们未来的命运漠不关心了。也许事实并非如此！准确地说，是因为它需要时间来将水囊装满，也需要时间瞄准目标。

而且，那只巨兽几乎不可能处于最佳状态。它适应了深海，适应了六英里甚至更厚的水层的覆盖，所以行动的效率肯定降低了。它第二次尝试进攻没能击中"希尔达号"，可能是因为状态还没有完全从上一次的袭击中恢复过来。

但现在它等待着，它的水囊正慢慢装满，在周围的浅水区域竭尽所能地积蓄力量。他，大卫，一个一百九十磅的人类要对抗一只两亿吨重的巨兽，还必须得阻止它。

大卫抬起头，什么也看不见。他的手上戴着内衬里有力场加固的连指手套，他按了一下左手中指上的一个触点，一束纯净的白光从金属指尖射了出来，模糊地照进上方的水域，尽头一片虚无。难道那一端是巨兽的肉体？还是只是光束逐渐消失了？

那只巨兽喷了三次水：第一次将埃文斯的船撞毁了；第二次将大卫的船损坏了（但损坏得不算很严重，它变弱了？）；第三次喷得太早，袭击失败。

大卫举起武器。武器的体积也很庞大，握柄很厚重。手柄内有总长一百英里的电线和一个可以产生巨大电压的微型发电机。他的手紧握住它，指向上方。

那一瞬间，什么也没发生——但他知道那根细如发丝的金属电线已经喷射而出，向上朝着富含二氧化碳的海洋延伸而去……

然后它击中了，大卫看到了结果。因为那根电线一接触到目标，就有一股电流以光速呼啸而过，闪电般的力量冲破了障碍物。细如发丝的电线闪着明亮的光，将海水蒸发成浑浊的泡沫。这不仅仅是蒸汽，因为当溶解的二氧化碳释放出来的时候，这种性质不同的水就会剧烈地翻滚和冒泡。他感觉自己在汹涌的水流中颠簸着。

在冒出的蒸汽和气泡的上方，在翻腾的海水和向上延伸的细火线之上，有个火球爆炸了。当电线触碰到活的肉体的时候，那里爆发出一股强烈的能量，烧出一个十英尺宽的洞，深度也同样有十英尺。

大卫冷冷地笑了。与这只巨兽庞大的身躯相比，这点伤害也不过犹如被针刺了一下，但这个斑块会感觉到，至少大约十分钟后，它会感觉到。神经脉冲必定会先沿着肉身的曲线缓慢移动。等疼痛传到这个生物微小的脑袋里的时候，它的注意力可能会从海洋底部那艘无助的船上转移到刺痛它的那人身上。

但大卫冷冷地想着，那只巨兽不可能会找到自己。因为十分钟内，他已经切换了位置。在十分钟内，他……

大卫还没想完，那个被他袭击的生物不到一分钟就进行了反击。

不到一分钟，大卫被一股汹涌澎湃的水流撞击，逐渐沉入大洋底部，越来越低，他震惊不已，备受折磨，十分痛苦……

10
巨大的肉身

这次撞击让大卫感觉眩晕。若是普通金属潜水服肯定已被撞弯撞碎，若是普通人必定已经失去意识，沉入大洋底部，肯定被撞成脑震荡或被撞死了。

但大卫拼命抵抗。与强有力的水流抗争的同时，他将左臂抬到胸口前，查看显示潜水服机械设备状态的数据。

他呻吟着。这些指标都毫无生气，其微妙的运作方式已经丝毫不起作用，但他的氧气供应似乎还没受影响（若是压力有任何下降，他的肺会察觉到），而且潜水服显然也没渗漏，他只希望喷射功能依然状况良好。

想用全力盲目地在水流中冲出去是徒劳的。他很清楚自己没有那种能力，所以只能等，把赌注押在一件重要的事情上：水流往下喷射的时候速度会快速降低。水与水相撞是种高摩擦运动。在边缘，湍流会增强并向内吞噬。当那只巨兽从喷管中射出一股五百英尺宽的水柱时，依据其最初的速度和与海底之间的距离，最终到达洋底后可能只有五十英尺宽。

而且，水柱最初的速度也会变慢，可并不意味着最终的速度就慢到值得嘲笑了。大卫已经明显感觉到它撞在船上的冲击力。

这一切都取决于大卫离喷涌的水柱中心有多远，取决于他离那个生物瞄准的靶心有多远。

他等得越久，机会就越大——前提是不会等太久。大卫用戴着金属手套的手按了下喷射开关，向下猛冲而去，努力保持平静地等待和猜测自己离坚实的海洋底部有多近，每时每刻都期待着自己永远不会感受到刚刚那次撞击的冲击力。

他数到十的时候，突然将潜水服的喷射器打开。当喷射器与主水流成直角喷出水的时候，两边肩膀上的小螺旋桨高速旋转，在剧烈震动中与大洋底部接触。大卫能感觉到自己的身体朝新的方向下降。

如果他处于正中心，那毫无作用。他所能注入的能量不足以抵挡住汹涌而下的水柱。然而，如果他离正中心很远，巨兽喷出的水流速度就会像此刻一样大大减缓，而且不断增大的紊流区可能也离得不远。

他正思索着的时候，感觉身体猛烈地颠簸，令人作呕，他知道自己安全了。

他让喷射器继续工作，但切换成往下喷射，与此同时，他把手指上的灯光射向海洋底部，刚好看见了淤泥层在距离他大约五十英尺的下方被炸开，一切都变得模糊。

他只剩下几秒钟时间从巨兽喷出的水流里逃出来。

此刻，他匆忙往上浮，竭尽全力让喷射发动机快速推动自己往上行进。他不顾一切地加速。他在黑暗的头盔中（一片漆黑，漫无边际），双唇紧闭成一条线，眉毛皱在一起。

他竭尽全力不去思考。在犹如水中龙卷风的那几秒里，他已经思考了很多。他本来推测是这个巨大的斑块瞄准了自己，但事实却不是。是水面上的那些V形青蛙通过控制这个斑块的思想，进而控制了它的身体！是那些V形青蛙瞄准了自己。它们无须读取那个斑块的感觉，以便得知它被击中了。它们只需读取大卫的想法，只需锁定大卫思维的源泉。

因此，这不再是刺痛怪物，让它远离"希尔达号"，沿着长长的海底斜坡，笨重地移动到海底深处的孵化地问题了，而是他得被迫彻底杀死这只巨兽。

而且要尽快杀死它！

既然"希尔达号"都不能承受另一次袭击，那大卫的潜水服也不能。潜水服的显示器已经损坏了，下一步可能控制器也会出现故障，或液氧容器的微型力场发动机可能会受损。

大卫仍在往上行进，往上再往上，朝着唯一安全的地方一路向上前进。虽然他从没看见过那只巨兽的喷水管，但显然它肯定是一根可伸缩的柔韧管子，可以改变喷射方向。但那只巨兽几乎没有将它朝向自己的底面。一方面，这会让它受伤，另一方面，喷射出的水流的力量会阻止喷管弯曲到如此大的角度。

大卫还得往上浮，要靠近那只巨兽的底面，到达它喷射出的水流无法袭击到的地方，而且，他得在这只巨兽装满水囊发起另一次攻击之前就上浮到那里。

大卫将灯光往上照去。他不想这么做，因为他本能地感觉这会让自己更容易暴露和被袭击。他的大脑告诉他，他的直觉是错误的。他发起了进攻，但负责感受那只巨兽快速进行反击的感官却判断错误。

上方五十英尺或更近的地方，灯光照在一个浅灰色的、布满了深深的褶皱的粗糙表面上。大卫没打算刹住。那只巨兽的皮肤像橡胶一样有弹性，而他的潜水服很坚硬。正这么思索的时候，他就撞上了，往上猛挤过去，感觉到这个外星生物的肉体弯曲了。

大卫长舒了口气，深深地放松了一会儿。自从离开潜水船后，他第一次感觉稍微安全些了，但他没有继续放松下去。这只生物在任何时候都可能转而攻击他们的潜水船（或者那些小小的思想控制者会操控它这么做）。他决不允许这种事情发生。

大卫将手指的灯光照向四周，既惊讶又有些头晕。

那只巨兽身体底部到处都是约六英尺宽的洞，大卫透过一股股气泡和固体颗粒，可以看到水正从洞里涌出来。每隔一段时间就会出现一些狭缝，有时会裂开，变成十英尺长的裂缝，喷出阵阵水浪。

显然，这是这只巨兽进食的方式。它将消化液体倒入被自己身体覆盖的下面那部分海洋中，然后以立方码为单位吸入海水来吸收其中的营养物质，再将水、杂物和自己的排泄物排出来。

显然，它不能在海洋的某个固定地点待太久，否则随着自身排泄物的集聚，周围的环境对它的健康很不利。就它自身而言，它本不应该在这里逗留这么久，但在 V 形青蛙的驱使下……

大卫难以控制地随着水波向上颠簸，在吃惊状态下，他把光束照向离自己更近的地方。那一刻，他极度惊恐，因为意识到了这只巨兽身体底部的这些褶皱的用途。其中一个这样的褶皱就在它身体的一侧，正在向身体内部吸进海水。褶皱的两边互相摩擦，这只巨兽会将进食口无法直接吞入的太大的食物

109

挤碎。

大卫没有等待。他不能冒险让自己穿着受损的潜水服抵抗巨兽肌肉的巨大力量。潜水服的表面也许能抵挡得住，但部分精密的工作仪器却不能。

他摆动手臂，以便将潜水服的喷流转而直接对准巨兽的肉体，马力开到最大。随着一声尖锐的撞击声，他将自己发射出去，转过身返回。

他没再与巨兽的皮肤接触，但在附近盘旋，沿着它移动，顺着反重力方向往上前进，远离这只巨兽的边缘，向中心游去。

突然，他来到一个地方，那只巨兽的躯体变成一堵肉墙，一直延伸到光能照到的最远的地方。那堵肉墙颤动着，显然是由较薄的组织构成的。

那个地方是喷水管。

大卫很肯定它是个一百码宽的巨大洞穴，汹涌的水流从里面喷出来。大卫小心地围着它打转。毫无疑问，这里是最安全的地方。他小心翼翼在喷管的底部游动着。

但他知道自己在寻找什么，所以离开了那根喷管。他朝着巨兽的躯体上更厚的地方游去，直到到达了这个倒置的"碗"的顶端。就是这里！

一开始，大卫只留意到从很远的地方传来的隆隆声，距离太远，他并没有在意。事实上，是水的震动引起了他的注意，而不是声音。然后，他找到了巨兽肉身上的那个鼓出来的地方。这个凸出的地方蠕动着，跳动着，有很大一块，可能和喷管一样大，悬挂在下方三十英尺处。

那肯定是这个生物体的中心，是心脏或类似心脏的东西，一定是在那里。那颗心脏有力地跳动着，大卫试图拍照的时候感觉头晕目眩。心跳每一次会持续五分钟，在此期间成千上万立方码的血液（或任何类似血液的液体）必须流过大到足以容纳他们的船只的血管。这种心跳必须足以驱使血液来回流动一英里远。

大卫想：真是个了不起的生物体！要是能抓住一只活的并进行生理学研究，那该多好！

巨兽的大脑肯定也在这个鼓胀之处的某个地方。大脑？也许通过其大脑的只是一些神经细胞，没有这些细胞，这只巨兽可以活得很好。

也许！但没有心脏，它就活不了。那颗心脏刚完成了一次跳动，凸出部分的中心几乎收缩得很平坦了。此刻，心脏处于放松阶段，从现在起五分钟或更长一些时间后，随着血液的流入，凸出部分会扩展和鼓胀。

大卫举起武器，将灯光完全照在那颗巨大的心脏上，让自己沉下去。一方面，攻击时最好别离得太近；另一方面，他害怕失手。

那一刻，一阵悔恨刺痛了他。从科学的立场看，杀死这个自然界中最大的生物几乎是犯罪。

这是他自己本身的想法，还是海平面上那些 V 形青蛙强加给他的？

他不敢再等了，所以捏紧了手里武器的手柄。电线射了出去，击中那只巨兽。怪物的心脏燃烧起来，火光耀眼得让大卫的双眼都看不见了。

海水因这具巨大的尸体而沸腾了几分钟。整个尸体扭动和抽搐着。大卫躲来躲去，十分无助。

他努力呼叫"希尔达号"，但只收到充满了紊乱的喘息声的回复。显然，他们的船也在疯狂地颠簸。

但最终，这只上亿吨重的巨兽彻底死去。海水终于归于平静。

大卫筋疲力尽地往下缓慢地移动。

他再次呼叫了"希尔达号"。"它死了。"他说，"你发出方向性脉冲，我好知道往哪里走。"

大卫让大块头帮他脱掉了潜水服，朝着这个担忧地看着他的小个子火星人挤出一个微笑。

"大卫，我从没想过你还能回来。"大块头大声喘着粗气。

"你若要哭的话，"大卫回答，"那就转过头去。我从海洋里回到船上可不是为了看你哭鼻子。那些主发电机怎么样了？"

"会修好的，"埃文斯插话，"但还需要时间。最后的那次撞击毁坏了一个焊接点。"

"嗯，"大卫回答，"我们得努力修好它。"他坐下来，疲惫地叹了口气，"事情跟我预想的不太一样。"

"怎么不一样？"埃文斯问。

"我想刺伤那只巨兽，让它远离我们，"大卫回答，"但不管用，我只得杀死它。结果它的尸体像一顶倒塌的帐篷一样盖在'希尔达号'的上方。"

11

到海平面上？

"你是说我们被困在里面了？"大块头很惊恐。

"可以这么说，"大卫冷冷地回答，"如果你想，你也可以说我们安全了。当然，我们在这里比在金星上的其他地方都更安全。有这么一具巨大的尸体在头顶，任何人都不能从生理层面对我们做什么。等到发动机修好后，我们就可以冲出去。大块头，你去修发动机。埃文斯，我们来喝点咖啡，详细地讨论下此事。我们之后可能不会再有机会安静地聊天了。"

大卫倒很欣慰于可以获得片刻的休息，享受什么都不做，只是聊天和思考的时光。

但埃文斯很不安。他紧皱眉头。

大卫说："你看起来很担忧。"

"是的。我们到底该怎么办？"

大卫回答："我一直都在思索。我们唯一能做的似乎是将V形青蛙的事情告诉某个思想没被它们控制的人。"

"找谁呢？"

"毫无疑问，不能找金星上的人。"

埃文斯盯着他的朋友。"你是想告诉我，金星上的所有人都被控制了？"

"不是，但任何人都有可能被控制了。毕竟，这些生物可以通过各种途径操控人的思想。"大卫将一只手臂放在驾驶转椅的椅背上，双腿交叉。"首先，V形青蛙可以在短时间内完全控制一个人的思想。完全控制！在这段时间内，受控之人会被迫做一些违背自己本性、危害自己及他人生命的事情，比如，我和大块头刚刚在金星上着陆的时候，飞船上的那两名驾驶员。"

埃文斯冷冷地回答："但我并不属于这类受控制者。"

"我知道。但莫里斯没有发现这一点。他很肯定你没被控制，仅仅是因为你没有任何失忆症的迹象。但你深受第二种思想控制之害。这种控制不那么强烈，所以受控者保留了自己的记忆。正因为控制程度不太强烈，受控者无法被强制做出任何违背自己本性的事情,比如,你不会被迫自杀;但另一方面,这种控制持续得更久——不是几个小时,而是数天。因此,那些 V 形青蛙趁机弥补了在控制强度上较弱的损失。它们一定还有第三种控制方式。"

"是什么样的?"

"控制强度比第二种模式更弱一些,控制力十分轻微,以至于受害者甚至察觉不到,但又强烈到足以窥探受害者的思想并从中读取信息,比如莱曼·特纳。"

"阿芙洛狄忒的总工程师?"

"没错。他就是个很好的例子。你明白了吗?你仔细想想昨天在穹顶的水闸室里的那个人,他手握控制杆坐在那里,使整个城市陷入危险,但他四周都被严密保护起来,到处都是警报器,没人能在不触发警报的情况下接近他,直到大块头强行从通风井里辟出一条道。这不奇怪吗?"

"不啊。为什么奇怪?"

"那人从事这项工作才几个月,甚至都不是真正的工程师。他的工作更像个办事员或勤杂工。那他从哪里得到这些机密信息,将自己这么严密地保护起来呢?他怎么可能如此了解穹顶里那个部分的力场和电力系统?"

埃文斯噘起嘴,无声地吹着口哨。"嘿,你说到点上了。"

"但特纳没想到这点。在登上'希尔达号'之前,我就此事去拜访了他。当然,我没告诉他自己的下一步行动。他告诉我那人缺乏经验,但他一点儿也没留意到此事的蹊跷之处。然而,谁会知道那些必要的信息呢?除了总工程师,还有谁?还有谁比他更清楚?"

"没错,没错。"

"那么,假设特纳受到十分轻微的控制,信息就能从他的大脑中被提取出来。V形青蛙非常温和地安抚他,因此他没有感觉到任何异常。你知道我的意思了吗?而莫里斯……"

"莫里斯也是?"埃文斯震惊不已。

"可能是。他深信是天狼星人想获取酵母,看不出蹊跷之处。这到底是他正常的判断失误,还是被巧妙地说服了?卢,他已经准备好怀疑你了——有些过于心急。作为科学理事会的成员,他本不应该且也不愿意怀疑另一位成员的。"

"天哪!大卫,那到底谁是安全的?"

大卫凝视着自己喝空的咖啡杯。"我个人认为,金星上的所有人都不安全,所以我们得将此事和真相传送到其他地方去。"

"怎么做到?"

"你问到点子上了,我们怎么做得到?"大卫忧虑着这个问题。

埃文斯说:"我们的身体没法离开。'希尔达号'只能在海洋里行驶，不能在空中飞行，更别说在太空里飞行了。要是我们回到城市里找更合适的交通工具，那我们就永远不能离开金星。"

"我认为你说得对。"大卫回答，"但我们的身体无须离开金星，只需要把我们的想法传送出去就可以。"

"如果你是说用船上的无线电设备，"埃文斯反驳，"那也做不到。这艘船上的无线电设备的通信范围只局限在金星内部。它不是亚以太通信，所以没法传送到地球。事实上，这套设备也无法从海洋深处传送信息到水面上去。它的载波被设计成从海洋表面反射下来，以便能测量距离，而且，即便我们真的能传送，也没法传到地球。"

"我觉得，我们没必要传送到地球。"大卫回答，"金星和地球之间肯定也有可以接收和传输信息的设备。"

那一刻，埃文斯困惑了。他问："你说的是那些空间站？"

"当然。有两个空间站绕着金星运转。地球可能在三千万到五千万英里外，但空间站到这里更近，可能是两千英里。而且，我很肯定空间站上没有 V 形青蛙。莫里斯说过，它们不喜欢自由氧，鉴于空间站运行的经济性，人们几乎无法为 V 形青蛙配备专门的二氧化碳室。如果我们能传送信息到空间站，再由空间站传送到地球上的中央总部，那我们就成功了。"

"是的，大卫。"埃文斯很激动，"这是我们的出路。那些

V形青蛙的思想操纵能力无法穿越太空，控制两千英里……"但他的神情又变得很忧郁，"不，我们做不到。这艘潜水船的无线电信号没法传送到海洋表面。"

"也许从这里不行，但如果我们爬到水面上去，直接从那儿传送到大气层里……"

"爬上水面？"

"有问题？"

"但它们在那里，那些V形青蛙。"

"我知道。"

"我们会被它们控制。"

"是吗？"大卫回答，"到目前为止，它们还从未解决掉任何一个对它们十分了解、预计将发生什么并下决心抵制的人。绝大多数受害者都是丝毫没有起疑的人。而你的情况，事实上是你自己邀请它们进入你的思想、使用你的信息。但现在我起疑了，且不打算发出任何邀请。"

"我告诉你，你不能这么做。你不知道后果会怎样。"

"你还有其他选择？"

埃文斯还没回答，大块头就走了进来，将卷起的袖子放了下来。"我保证，"他说，"发电机都修好了。"

大卫点了点头，向控制室走去，而埃文斯依然坐在座位上，双眼充满疑虑。

引擎再次搅起旋涡,低沉又悦耳。柔和的响声犹如一首歌曲,脚下是种从未在宇宙飞船上有过的奇怪的悬浮和移动的感觉。

"希尔达号"穿越那个巨大斑块的尸体所覆盖的海水泡沫,加速前进。

大块头心神不安地说:"我们离它还有多远?"

"大约半英里。"大卫回答。

"要是我们没成功呢?"大块头喃喃自语,"要是我们撞了上去,就像砍在树桩上的斧子一样卡住了呢?"

"那我们就抽离出来,再尝试。"大卫回答。

大家片刻沉默后,埃文斯低声说:"在这个斑块下面,离它这么近——就像在一间密室里。"他仿佛自言自语地咕哝着。

"像在什么里面?"大卫问。

"像在一间密室里。"埃文斯依旧出着神,"他们在金星上建造的房间,是海平面下的信息传送小穹顶房,就像地球上用以躲避气旋的地下室或防空洞。如果金星发生地震,穹顶被破坏,它们应该是用来躲避海水侵袭的。这样的密室,我从没听说被使用过,但高档一些的公寓一直宣传说他们有这样的应急密室。"

大卫一直听着,沉默不语。

引擎的声音变得更大了。

"等等！"大卫大喊。

"希尔达号"整艘船都颤抖不已，突如其来的几乎无法抗拒的减速迫使他用力撞在了仪表盘上。大块头和埃文斯拼尽全力抓着防护栏，两人的指关节泛白，手腕拉伤了。

船减速了，但没停下来。由于引擎急刹，发动机发出刺耳的抗议声，大卫担忧地皱了下眉。他们的船艰难地穿过那只巨兽的皮肉和筋骨，穿过空荡荡的血管和像两英尺厚的电缆一样、毫无用处的神经。大卫咬紧牙关，板着脸，将驱动杆拉到最大幅度，以抵抗阻力。

漫长的几分钟过去了，引擎胜利地长啸一声，他们穿过去了——穿透了巨兽的身躯，再次行驶在没有阻碍的广阔大海中。

"希尔达号"安静而平稳地在黑暗的海水里一路向上，朝着饱含二氧化碳的金星海洋表面驶去。三人都陷入了沉默，似乎是在集聚勇气，准备冲进金星那些充满敌意的小生命的堡垒。在那个斑块被甩在身后之前，埃文斯一句话都没说。大卫将控制器锁定，坐在转椅上，手指轻拍着膝盖。就连一向话多的大块头也闷闷不乐地走到视野开阔的后舷窗前。

大块头突然大喊："大卫，看那里。"

大卫大步走到大块头身边，和他一起沉默不语地注视着窗外。舷窗一半处只有一些发出磷光的小生物的璀璨光芒,柔和又朦胧,但另一个方向有一面墙,闪着变化的色彩的巨大的墙。

"大卫,你觉得那是个斑块吗?"大块头发问,"我们下去的时候它可不是这样发光的,总之,它死后是不会发光的,对吗?"

大卫若有所思地回答:"大块头,从某种程度上说,那是个斑块。我觉得整个海洋的小生物都正聚在一起准备饱餐一顿。"

大块头又看了看,觉得有点恶心。当然!他们看见的那些光肯定就是浅海里的那些小生物,它们要聚在那只巨兽的尸体上进食,那几亿吨的肉体将任由它们攫取。

那些小生物从舷窗外急速掠过,都朝着同一个方向游去。它们朝船尾、朝"希尔达号"身后的那具巨大的尸体游去。

游在最前面的全是各种大小的剑鱼。它们的脊椎骨上都有一条白色的磷光线(那不是真正的脊椎骨,只是一根没有关节的角质条),白线的一头是个淡黄色的V形头部。对大块头而言,这确实像无数活生生的箭头从潜水艇旁边飞过,他可以想象那些剑鱼像边缘镶了针一样的下颌,又大又深又贪婪。

"我的天哪!"大卫感叹。

"老天啊!"大块头低声说,"整个海洋将会变得空荡。所有生物都集聚到了这里。"

大卫说:"照这些剑鱼狼吞虎咽的速度,再过十二个小时,这具尸体就会被吃光。"

埃文斯的声音从大卫背后传来:"大卫,我想跟你聊聊。"

大卫转过身:"当然可以。卢,你要聊什么?"

"一开始你建议爬到水面上去的时候,你问我有没有其他备选方案。"

"我记得。你没回答。"

"我现在可以回答了。事实上,我有了答案,那就是我们得回到城市去。"

大块头大喊:"嘿,这是什么意思?"

大卫没必要回答。他气得鼻孔张大,怒火中烧。他对自己十分生气,因为他的全部精力、思想和灵魂本应该聚焦于手头上要紧的事,但他却在舷窗边待了几分钟。

埃文斯的手,紧握着大卫的爆能枪,举起来,双眼眯着,神色坚定。

"我们回城市里去。"埃文斯重复了一遍。

12

返回城市？

大卫问:"卢,怎么了?"

埃文斯不耐烦地举着枪。"把发动机倒转,朝底部行驶,把船头转向城市。大卫,你别去弄,你让大块头去操纵控制器,你跟他站到一起,以便我能同时监控你们两人和控制室。"

大块头的双手举到一半,双眼转而看着大卫。大卫将自己的双手放在身边。

大卫直截了当地说:"你能告诉我,你到底受了什么刺激吗?"

"没受什么刺激,"埃文斯说,"什么刺激都没受。受刺激的是你。你从船上出去,杀死了那只巨兽,回来后就说要回水面去。为什么？"

"原因我已经解释过了。"

"你说的理由，我不相信。如果我们回到水面，我知道那些 V 形青蛙就会控制我们的思想。我经历过，所以我知道你的思想也被它们控制了。"

"什么？"大块头爆发了，"你疯了吗？"

"我知道自己在做什么，"埃文斯警惕地看着大卫，"大块头，若你冷静地想想整件事情，你就会发现大卫被 V 形青蛙操控了。别忘了，他也是我的朋友。大块头，我认识他比你还久，我也不愿意拿枪逼迫他，但没办法，我必须这样做。"

大块头开始对他们两个人都不确定了。他低声问："大卫，你真的被 V 形青蛙控制了？"

"没有。"大卫回答。

"你想他会怎么回答你？"埃文斯有点发火地说，"他当然被控制了。为了杀死那只巨兽，他必须用发射器将自己送到巨兽那里。V 形青蛙在水面上等着我们，而他肯定离水面相当近，近到被它们控制了思想。它们让他杀死巨兽。为什么不呢？它们乐意用巨兽来换取对大卫的控制，所以他回来才叫嚷着要回水面去，好让我们都被困在那里——目的是让所有知道真相的人都变得无助。"

"大卫？"大块头颤抖起来，希望大卫的回答能消除他的疑虑。

大卫平静地说:"卢,你大错特错。你现在这么做,只是因为你被控制了。你之前就被控制过,那些V形青蛙知道你的想法。它们可以随意进入你的思想,也许它们从未完全离开。你所做的这一切,都是受它们指使的。"

埃文斯将枪握得更紧。"抱歉,大卫,说什么也没用。把船开回城里吧。"

大卫说:"卢,如果你没被控制——如果你的思想是自由的——如果我坚持要回水面上去,你会开枪打死我,对吗?"

埃文斯没有回答。

大卫说:"你不得不这么做。作为科学理事会的一员,作为人类,这是你的职责。另一方面,如果你的思想被控制了,你会被迫威胁我,努力让我改变航行路线,但我怀疑你会被逼杀死我。事实上,杀死自己的朋友和科学理事会的同事肯定十分违背你自己的意愿……所以把你的枪给我。"

大卫往前走向埃文斯,伸出一只手。

大块头惊恐地注视着。

埃文斯逐渐后退,刺耳地大喊:"大卫,我警告你。你再往前走,我会开枪的。"

大块头大喊:"大卫,停下来!"

大卫已经停下,开始后退,慢慢地,慢慢地往后退。

埃文斯的双眼突然失去生气,如一尊石像一样站在那里,手指牢牢地扣在扳机上。他冷冷地说:"回城市去。"

大卫说:"大块头,改成返回城市的路线。"

大块头快速走到控制器前,低声说:"他现在真的被控制了,对吗?"

大卫回答:"恐怕是这样。它们已经将控制他的模式切换成了强烈控制模式,以确保他会开枪。毫无疑问,埃文斯会开枪。他处于失忆阶段,事后不会记得这一部分。"

"他能听见我们说话吗?"大块头想起他们去金星时那艘飞船里的那两名驾驶员了,他们显然对外部世界毫无感觉。

"我觉得不能。"大卫回答,"但他一直监控着控制器,如果我们偏离了去城市的方向,他就会开枪。"

"那我们该怎么办?"

埃文斯苍白冰冷的双唇之间又蹦出一句话:"回到城市,快点!"

大卫一动不动,双眼盯着他的朋友手里的枪和那一动不动的枪口,低声快速地跟大块头说了些话。

大块头点了点头,听明白了。

"希尔达号"沿着来时的路线,朝着城市返回。

卢·埃文斯理事靠墙站着,脸色苍白,神情严肃,冷酷无情的目光从大卫身上转到大块头身上，又转到了控制器上。

大卫竖起耳朵，听到阿芙洛狄忒低沉的载波在船的测向仪上发出平稳的声音。电波从城市穹顶的最高点以一定的波长向四面八方发射。返回城市的路线变得很明显，似乎阿芙洛狄忒清晰可见，就在一百英尺外一样。

大卫从载波的低沉哀鸣中发现他们并没有直接驶向这座城市。船行驶的路线确实有点细微的偏差，而且一点儿也不明显。埃文斯被控制下的双耳可能察觉不到。大卫正希望如此。

埃文斯的双眼看着控制台，大卫试图跟随他那茫然的目光。他确信，那双眼睛是注视着海洋深度指示器。那是个很大的简单表盘，可以测量水压。从埃文斯所站的位置看去，很容易看出船头并没有朝着水面驶去。

大卫十分肯定，只要深度指示器的指针方向错了，埃文斯就会毫不犹豫地开枪。

大卫尽力不去思考目前的处境，尽可能避免水面上的那些V形青蛙读取他的一些具体想法，他禁不住想知道，为什么埃文斯没有失控毙了他们？他们在那块巨大斑块下就被标上了死亡记号，但现在却只是被赶回阿芙洛狄忒。

或者，等到V形青蛙完全掌控了受控者的思想，攻克了他内心的顾虑，埃文斯就会开枪射死他们吗？

载波距目的地稍微偏移了一点儿。大卫的双眼再次朝埃文斯的方向看去。是自己的错觉,还是埃文斯的眼睛里闪过什么东西(确切说,不是情感,但是有某种东西)?

片刻之后,大卫已经明显确定不是错觉了,因为埃文斯的二头肌绷得更紧了,手臂微微抬起。

他要开枪了!

就在这个念头迅速在大卫脑子里闪过的时候,他全身的肌肉不由自主地收紧,但无法阻止即将射出的子弹,船被击中了。埃文斯浑然不知,向后摔倒。爆能枪从他张开的手指上滑了下来。

大卫立即采取行动。将埃文斯推倒的撞击力又把他往前推去,他顺势压在了大卫身上,手指坚如钢铁地抓住大卫的手腕。

但埃文斯过于矮小,而且还在与强行植入自己大脑中怪异的愤怒抗争。他双膝弯曲,抱住大卫的大腿,将大卫用力举起。船还在摇晃,埃文斯站立不稳,大卫借机反压住他。

埃文斯出拳猛击,但大卫的肩膀抵挡住了袭击。他抬起膝盖,犹如铁钳一样夹住埃文斯的大腿。

埃文斯的脸痛苦得皱起来。他翻滚挣扎着,但大卫和他扭打在一起,再次压住了他。他坐起来,双腿依然夹住埃文斯,夹得更紧。

大卫说:"卢,我不知道你能不能听到我说话,明不明白我的意思……"

埃文斯毫不理会。他奋力挣扎,将自己和大卫扔到空中,挣脱了大卫的钳制。

大卫撞在地板上,滚了出去,翻身站了起来。埃文斯站起来,伸出手来抓他的肩膀的时候,大卫抓住了他的手臂,将他重重摔在地上。埃文斯躺在地上,不动了。

"大块头!"大卫用一只手快速把头发往后捋了一下,呼吸急促地大喊。

"我在这儿,"那个小个子咧嘴笑着,轻轻挥动着特纳的爆能枪,"我都准备好了,以防万一。"

"好的。大块头,将爆能枪收起来,仔细查看一下卢,确保他没有骨折,然后将他绑起来。"

大卫去操纵控制器,极其小心地让"希尔达号"后退,驶离了几小时前被他杀死的那个巨大斑块的残骸。

大卫赌对了。他一直希望那些全神贯注于思想控制的V形青蛙对这个斑块的实际大小没有概念,也希望它们缺乏海洋航行经验,意识不到大块头轻微偏离了设定的航线将起到的作用。埃文斯用枪威胁他们把船驶回城市里的时候,大卫就快速将整个赌注告诉了大块头。

"撞那个斑块。"他对大块头说。

"希尔达号"再次改变了航线,船头向上行驶。

埃文斯被绑在自己的床铺上,疲倦而羞愧地盯着大卫。"抱歉。"

"卢,我们理解,别再为它发愁了。"大卫语气轻松地回答。

"好。给我多打些结,我活该。大卫,相信我,大多数事情我都不记得了。"

"听我说,伙计,你最好睡一觉。"大卫的拳头轻轻击打在埃文斯的肩膀上,"等到了水面的时候,若有必要,我们会叫醒你。"

"你们要做什么?"

"丢弃武器。"

"什么?"

"你听我说,你可能会被控制,或是我被控制。如果我们被控制了,我不希望刚才发生的事情重演。总之,对付V形青蛙,物质武器是没用的。"

两把爆能枪,潜水服上的电鞭,一件一件从垃圾口被抛了出去。垃圾口与急救柜旁边的墙壁齐平,这些武器通过单向阀门被抛入大海。

大块头从舷窗盯着外面,似乎想看到消失的爆能枪。但只有一抹暗淡的磷光条纹一闪而过,是一条剑鱼飞速掠过。仅此而已。

海水压力示数慢慢降低。一开始，指针在水下的读数是两千八百英尺，但现在不到两千。

大块头依然心无旁骛地看向舷窗外。

大卫瞥了他一眼。"你在看什么？"

"我在想，"大块头回答，"我们朝着水面驶去，会越来越明亮。"

"我表示怀疑。"大卫解释，"海草严密地覆盖着水面，除非我们冲出去，否则依然一片漆黑。"

"大卫，你想过我们会遇上拖网渔船吗？"

"但愿不会。"

此刻，他们离水面一千五百英尺。

大块头明显想换个话题，所以故作轻松地说："大卫，金星的空气中怎么会有那么多二氧化碳？我是说，有这么多植物，怎么二氧化碳含量还这么高？植物不是能将二氧化碳转化成氧气吗？"

"在地球上是。如果我没记错，根据异形生物学的课程，金星上的植物生命都有自己的诀窍。地球植物将氧气释放到空气里，而金星植物将氧气在组织里储存为高氧化合物。"他心不在焉地叙述，似乎在用不停讲话来阻止自己思考其他深奥的问题，"正因如此，金星动物才不呼吸。它们从食物中获取自己所需的氧分。"

"你知道什么？"大块头很吃惊。

"事实上，食物中的氧分对它们来说也许太多，否则它们不会那么喜欢低氧食物，比如你喂给那只 V 形青蛙吃的车轴油脂。至少，我是这么认为的。"

他们离水面只有八百英尺了。

大卫说："船开得不错。大块头，我是指你撞向那个斑块的方式。"

"没什么。"得到大卫的肯定，大块头开心得脸红了。

他看着压力表，离水面还有五百英尺。

他们陷入了沉默。

头顶上传来刺耳的擦刮声，船平稳的攀爬突然中断，引擎发出一阵轰鸣，舷窗外的景色迅速亮了起来，他们的眼睛一眨不眨地从海草的碎片和纤维之间看到多云的天空和波动的水面。水花四溅，在水面上砸出小水坑。

"在下雨，"大卫说，"恐怕我们只能按兵不动，坐等 V 形青蛙来找我们。"

大块头茫然地回答："好……嗯……它们在那儿！"

舷窗外，一只青蛙正严肃地注视着这艘船，长腿紧紧地折叠着，灵巧的脚趾紧紧抓住一根海藻茎。

13

思想碰撞

"希尔达号"在金星海洋颠簸的水面上行驶。雨滴猛烈地敲打在船体外壳上,声音近乎地球上的节奏。对来自火星的大块头而言,雨水和海洋都是陌生的,但大卫却找到家的记忆。

大块头说:"大卫,看那只 V 形青蛙。你看它!"

"我看见了。"大卫很平静。

为了看得更清楚,大块头用袖子擦了擦玻璃,然后发现自己的鼻子紧贴着玻璃。

突然,他脑中闪出一个想法:呃,我最好别离它太近。

他弹了回来,故意把两只手的小手指放在两边嘴角,然后反向拉开,伸出舌头,眼睛变成斗鸡眼,摆动着手指。

那只 V 形青蛙郑重其事地看着他,从出现之后就丝毫没有动弹过,除了随风严肃地摇摆,似乎根本不介意或甚至没有留意到水滴落在自己身上。

大块头更觉得恐惧了,脸愈加皱得厉害,他对着那个生物"啊——"地叫了一声。

大卫的声音从他身后传来。"大块头,你在干什么?"

大块头跳了起来,将双手放下来,一副调皮捣蛋的模样。他咧嘴笑着回答:"我只是想告诉那只 V 形青蛙,它在我眼里的样子。"

"而它却在展示你在它眼里的样子。"

大块头心跳漏了一拍。他明显听出大卫声音中的批评意味。在这样的危急时刻,在如此危险的情况下,他,大块头,居然像个傻子一样做鬼脸,羞愧涌上他的心头。

他颤抖着回答:"大卫,我不知道自己是怎么了。"

"是 V 形青蛙的缘故,"大卫语气严厉,"明白了吗?它们在试探你的弱点。既然它们能试探到你的弱点,就会潜入你的思想里,一旦如此,它们就会留下来,而你无力赶走它们。因此,在想清楚之前,你别再冲动行事。"

"知道了,大卫。"大块头低声回答。

"下一步该怎么办?"大卫环顾了一圈。埃文斯在睡觉,辗转反侧,呼吸困难。大卫的目光在他身上停留了片刻,然后转开了。

大块头小心翼翼地问:"大卫?"

"嗯。"

"你要呼叫那个空间站吗?"

那一刻,大卫不解地看着自己的小个子搭档,紧皱的眉头慢慢展开,低声说:"我的天哪!我忘了!大块头,我忘记了!我一直没想起来。"

大块头竖起大拇指,指了指舷窗处依然如猫头鹰一样凝视他们的那只V形青蛙。"你是说它……"

"我是指它们。天哪,那儿可能有成千上万只!"

大块头的羞愧感减弱了一些,他承认自己的感觉没什么大不了的,几乎很高兴大卫和他一样都被V形青蛙蛊惑了。这缓解了一些他的负罪感。实际上,大卫无权……

大块头胆寒起来,停止了这个想法。他正在怨恨大卫,这可不是自己的想法,是它们的!

他强制自己什么也不想,全神贯注地看着大卫用手指在发射器上操作,小心翼翼地调节,以便能精确地发射到太空。

突然有个奇怪的声音响起,大块头猛地回头。

这声音是没有语调的平淡人声。"不要乱摆弄你的机器,发出刺耳的声音。我们不希望这样。"

大块头转过身,嘴巴张开了好一会儿。"谁在说话?在哪里？"

大卫回答："大块头，别紧张。这声音是从你脑袋里冒出来的。"

"天哪，还能是什么呢？"

大块头转过身，再次看向舷窗外，看着那些云朵、雨水和那只随风摇摆的 V 形青蛙。

大卫曾有一次感受到外星生物正将它们的想法强加给自己，就是遇到居住在火星深处的非物质能量生物的那天。那一次，它们进入了他的内心，但灌输的思想并不痛苦，甚至令人愉快；他知道自己无能为力，但一点儿也不恐惧。

现在，情况却不同。那些控制思想的手已经从头盖骨挤进大脑里，他感到痛苦、厌恶和怨恨。

大卫的手从发射器上滑落下来，他不想回复。他又一次忘记要连线空间站。

那个声音第二次响起。"让你的嘴巴震动。"

大卫问："你是要我说话？我们不说话的时候，你能读取我们的想法吗？"

"只能模糊地读取。除非我们透彻研究了你的想法，否则很困难。当你说话的时候，你的想法很清楚，我们能听见。"

"但我们很轻易就能读懂你们。"大卫回答。

"是的。我们可以强烈而有力地传递想法。"

"我到目前为止所说的话，你全部都听见了？"

"没错。"

"你想从我这里知道些什么？"

"从你的大脑里，我们探测到一个组织，由你的同胞组成，远在太空另一头。你们称之为理事会。我想知道更多的相关信息。"

大卫内心感觉到一丝满足。至少，它们给出了一个问题的答案。只要他只代表自己，只是个个体，敌人就很想杀死他。但近几个小时来，敌人发现他已经洞察了太多真相。

理事会里的其他成员也都得知真相了吗？这个理事会是什么性质？

大卫能理解敌人对理事会的好奇、谨慎以及突然想在杀死大卫之前从他身上了解更多的渴望。难怪爆能枪瞄准大卫的时候，尽管他无能为力，但敌人忍了很久却没让埃文斯杀死他。

但大卫没有继续深想。那些V形青蛙虽回答说它们不能清楚地读取出那些没说出口的想法，但它们可能又在撒谎。

他突然问："你们为什么对付我的同胞？"

那个平淡而毫无感情的声音说："我们不能否认这一点。"

对此，大卫的牙关咬得更紧了。他怀疑它们在撒谎的想法，它们是不是读取到了？他得谨慎些，十分小心才行。

那声音继续说："我们不看好你的同胞。他们聪明，但杀生、吃肉。聪明却吃肉是不好的。食肉者必须结束其他生命才能存活下去,而聪明的食肉者比没有头脑的人的危害更大,因为他可以想出更多杀死其他生命的方法。你有一些小管子可以同时结束许多生命。"

"但我们不杀V形青蛙。"

"如果我们允许的话,你们就会。你们甚至在大大小小的团体里互相残杀。"

对于最后一句话,大卫避而不谈,反而问:"那你们想从我的同胞那里得到什么?"

"你们在金星上繁衍生息,"那声音回答,"你们蔓延开来,占据了空间。"

"我们只能占据这点空间,"大卫耐心解释,"只能在浅水区修建城市,占金星海洋十分之九比例的深海区始终属于你们。而且,我们还能帮助你们。你们有读懂思维的能力,而我们有对物质的了解。你们已经看到我们的城市和发光的金属机器,它们穿过空气和水进入太空另一边的世界。我们有这样的能力,对你们帮助很大。"

"我们不需要。我们生活和思考,不害怕,也不仇恨。我们还需要什么?我们用你们的城市、金属和船只干什么?这能怎么改善我们的生活?"

"那你们打算把我们全杀光?"

"我们不想结束生命。只要我们读取你们的思想,知晓你们不会造成伤害,那才足够。"

大卫迅速想象了一番(到底是自己想象的,还是被植入的?):在金星上,一群在本土支配者的命令下生活和发展的人,逐渐与地球切断了一切联系,一代一代越来越满足于成为思想被控制的奴隶。

他自信地说:"人类不会允许自己的思想被控制。"

"你们只有一条路,必须帮助我们。"

"我们不会帮你们。"

"你们别无选择。你们必须告诉我们天空那边的土地、由你们的同胞组成的组织、他们将怎么对付我们以及我们该如何防卫。"

"你们没法强迫我说出来。"

"没办法吗?"那个声音问,"那你想想,如果你不说出我们想要的信息,我们就会命令你驾驶你们那闪闪发光的机器下降到海洋里,然后在海底打开机器。"

"我们就被杀死了?"大卫语气毫不动摇。

"我们必须结束你们的生命。你们知晓了一切,允许你们和你们的同胞联系可不安全。你们可能会告诉他们真相,导致他们试图报复。这就糟了。"

"那我不告诉你也没什么损失。"

"你损失可大了。要是你拒绝我的要求,我们会强行钻研你的思想。这样做的效果不够好,可能会失去很多价值。为了减少危险,我们只得一点儿一点儿地研究你的想法。对你来说,这很难受。如果你痛快地配合我们,对你、对我们都更好。"

"不行。"大卫摇了摇头。

那个声音暂停了一会儿,继续说:"虽然你的同胞习惯于结束他人的生命,但他们害怕自己的生命被终结。如果你帮助我们,我们会为你开个特例,不会让你感觉害怕。但是,若你不配合,我们会强迫你终结自己的生命,但却不会替你消除恐惧感,反而会使之增加。"

"不。"大卫的声音变得更大。

那声音又暂停了一下,这次停得更久一些,然后说:"我们要求你说出这些信息,不是出于对我们自身安全的担心,而是为了让我们没有必要采取令人不快的措施。你那些从天空另一头而来的同胞对我们产生了威胁,如果在离开的时候,我们对如何保护自己不受此威胁还一无所知,那我们将被迫结束这个世界上所有你的同胞的生命,从而终结这一威胁。正如之前我们已经做过的那次那样,我们会让海水灌入你们的城市。你那些同胞的生命会像火焰一样熄灭。生命之火必被扑灭,永不复燃。"

大卫放声大笑:"放马过来!"

"放马过来？"

"强迫我说出来，强迫我将船驶沉，尽管来试试。"

"你以为我们不能？"

"我知道你们不能。"

"那你看看四周，看看到底发生了什么。你那个被绑着的同胞的性命可捏在你手里。但你旁边的那个同胞可在我们手里。"

大卫恍惚了一下。从始至终，他在这段对话过程中一次都没听到过大块头的声音，似乎他已经完全忘记了大块头的存在。现在，他看见那个小个子火星人蜷缩着躺在自己脚下。

大卫跪到地上，一股巨大而可怕的沮丧感炙烤着他的喉咙。"你已经杀死了他？"

"没，他还活着，甚至没受重伤。但你看，你现在孤身一人了，没人能帮你。他们没法反抗我们，你也不能。"

大卫脸色变白。"不。你们不能让我做任何事。"

"最后给你一次机会，你自己选。你是选择帮我们，让你们的生命平静而安然地被终结，还是选择拒绝我们，痛苦而悲伤地死去？也许随后城市里所有人都会被这样淹死，你选哪一种？来吧，选吧！"

他准备站起来，独自一人、没有朋友帮助、仅靠坚定的顽强意志对抗他不知道该如何与之抗争的那股思想力量，但这些话在他的脑海里反复回响。

14 思想之战

如何建立屏障以阻挡思想攻击？大卫还想抵抗，但肌肉活动不了，没法防守，也无法反击暴力。他必须保持本心，抵制那些涌上心头、自己也分不清楚的冲动。

他该怎么分清楚哪些是自己本身的想法？自己到底想做什么？自己究竟最想做什么？

他想不起任何东西，大脑一片空白。但他自己肯定原本是有想法的，因为他并非没有计划就浮到水面上来。

浮到水面上？

突然，他就又上来了。起初他已经沉下去了。

他在内心深处想着，没错，就这样回忆下去。

他在船里。船从海底升起来,现在已经在水面上。很好。下一步呢?

为什么会在水面上?他依稀记得在水底下更安全些。

他十分吃力地低下头,闭上双眼,然后再睁开。他的想法十分强烈。他得找个地方说……找到某个地方……说某些事。

他必须说出来。

说出来。

他突破了!仿佛在他内心几英里外的某个地方,他竭尽全力将一扇门突然撞开了。他的目标清晰地闪现出来,他想起了一些自己已经忘记的事情。

当然,也记起船上的无线电设备和要发送信息到空间站。

他哑声说:"你没能控制我。你听见了吗?我记起来了,会继续回忆下去。"

没有应答。

他大声喊叫,语无伦次。他的脑子里有种模糊的感觉,类似过量服用安眠药后努力与瞌睡做斗争。他心想,我得活动肌肉,保持走动,不停走动。

这种情况下,他必须保持思维活跃,必须让神经正常工作。做点什么,必须做些什么。一旦停止,它们就会控制他。

他继续大喊,自言自语:"我会做到,我会做到。"

做什么?他再次感觉思维能力变差。

他疯狂地对自己重复："用无线电设备联系空间站……无线电设备联系空间站……"但渐渐又语无伦次。

此刻，他站了起来，身躯笨拙地转过来，关节犹如被钉住的木头一样笨拙，但的确在转身。他面朝着无线电设备，看着它，有那么一会儿看得很清楚，但随后又摇晃起来，变得模糊。他专心致志地注视着它，视线又变清晰了。他可以看到发射器、波长调节开关和频率电容器。他能回忆起，也知道如何操作。

他拖着脚步朝它走去，太阳穴突然出现一阵炽热的刺痛感，他难受不已。

他摇摇晃晃，跪在地上，然后痛苦不堪地挣扎着站了起来。

他那双痛苦模糊的眼睛依然能看到无线电设备。他先迈出一只脚，然后再迈出另一只。

无线电设备仿佛是在一百米外，模糊不清，被血色迷雾包围。他每迈出一步，脑袋的刺痛感就变得更强烈。

他挣扎着想忘掉疼痛，让自己只看着也只想着无线电设备。他的两条腿被一股坚韧的阻力缠绕，将他往后拽，他奋力与之抵抗，迈出腿。

终于，他伸出手臂，手指离发射器还有六英寸。大卫知道，自己的忍耐力到达了极限。不管怎么努力，他那精疲力竭的身躯也无法再离得更近。完蛋了。一切都完了。

"希尔达号"停止了。埃文斯毫无意识地躺在铺位上,大块头瘫倒在地,尽管大卫顽强地站立着,但只有颤抖的手指显示出唯一的生命迹象。

他脑袋中那个平静而无情的冰冷声音再次响起:"你很无助,但你不会像你的同伴那样失去意识。你会一直遭受这种痛苦,除非你决定将船沉入水中,说出我们想知道的一切,然后结束自己的生命。我们会耐心等着你。你无法抵抗我们,也没法与我们抗争,不能哄骗我们!不能威胁我们!"

在无尽的折磨中,大卫感觉自己迟钝痛苦的头脑中有种反抗的力量,有新的东西萌发。

不能哄骗?不能威胁?

不能哄骗?

在朦胧的半清醒状态下,他心中的火花竟然燃烧起来。

他放弃了无线电设备,把思绪转开,痛苦感立即减弱了几分。大卫蹒跚着从无线电设备处离开,痛苦感进一步减弱。他干脆离得远远的。

大卫努力不去思考,不假思索、自然而然地采取行动。它们在全神贯注地阻止他够到无线电设备,肯定没有发现它们自身面临的其他危险。无情的敌人必定不能推断出他的意图并阻止他。所以,他必须快速行动。它们无法阻止他。

它们无法阻止他!

他走到急救柜前，猛地拉开了门。他看不清楚，笨拙地摸索着，耗费了珍贵的几秒钟。

那个声音问："你决定了吗？"剧烈的疼痛再一次出现，给这位年轻的理事施压。

大卫找到了它——一个浅蓝色硅胶矮罐。他的手指在消音棉里摸索，想找到那个扣件。这个扣件能关闭保持矮罐盖子闭合与密封的微型顺磁场。

他的指尖触到了那个扣件，但他几乎没有感觉到阻力，也几乎没有看见盖子移到一边，掉了下来。他甚至没听见它撞在地板上，发出金属碰撞的声音。他模糊不清地看见那个罐子开了，朦胧中他朝着垃圾道口抬起手臂。

痛苦的感觉一下子又涌了上来。

他左手已经打开了垃圾道口，右手颤抖着把这个珍贵的罐子举到六英寸宽的开口处。他的手臂不停地移动。他看不见了，一层红色的雾霾蒙住了视线。

他感觉自己的胳膊和举着的罐子撞到了墙上。他推了一下，但无法继续往前了。他左手的手指从垃圾道口慢慢地往下伸，碰到了罐子。

他害怕不小心让罐子掉到地板上。如果他失手了，就永远都不会再有力气将它捡回来。

他双手捧着它，两手一起将它往上举。罐子逐渐往上移，而大卫已经濒临昏迷。

然后，那个罐子消失了！

似乎在一百万英里外，大卫能听见压缩空气的呼啸声，他知道那个罐子已经被扔到温暖的金星海洋里。

那一刻，疼痛感颤动着，突然完全消失了。

大卫小心翼翼地恢复了平衡，从墙壁处走开。他的脸和身体都被汗水湿透，脑袋依然发晕。

他迈着仍然摇摇晃晃的步子，以最快的速度走到无线电发射器前，这一次没有什么阻止他了。

埃文斯坐在一张椅子上，头埋在双手里。他如饥似渴地大口喝着水，一遍一遍地重复"我什么都不记得。我什么都不记得"。

大块头裸露着上身，正用一块湿布擦着头和胸口，脸上露出颤抖的笑容。"我记得，一切我都记得。大卫，那一刻我站在那里，听你和那个声音交谈，然后毫无预警就倒在地板上。我全身麻木，不能转动脑袋，甚至不能眨眼，但能听见接下来发生的一切。大卫，我听到了那个声音和你说的话。我看见你朝无线电设备走去……"

他气喘吁吁地吐了口气，摇了摇头。

"你知道的，第一次我没够到它。"大卫悄声说。

"我不能说话。你走出了我的视野,我只能躺在原地,等着听见你发送信息。但什么都没发生,我就猜你肯定也被控制了。在我的脑海里,我能看到我们三个生不如死地躺着。我们完蛋了,我连一个指甲都不能微微移动,只能呼吸。然后你又走进了我的视野里,我想笑,同时又想哭,想大喊,但我还是只能躺在原地。大卫,我看见你挠墙壁,不知道你究竟在干什么,但几分钟后一切都结束了。哇!"

埃文斯疲惫地问:"大卫,我们现在真的在返回阿芙洛狄忒?没弄错?"

"我们是在返回城市,"大卫回答,"除非那些仪器显示的数据错误,但我不这么认为。等回去后,我们可以抽点时间接受一些治疗。"

"睡觉!"大块头断然回答,"我只想睡觉,只需好好睡两天。"

"你这个要求也会被满足。"大卫回答。

但与其他两人相比,埃文斯还在被这段经历困扰。他无精打采地坐在椅子上,双手抱着自己,蜷缩起来。他说:"它们不用任何方式干扰我们了?"他稍稍强调了下"它们"。

"我不能保证,"大卫回答,"但最坏的事情在一定程度上已经结束了。我联系上了空间站。"

"你确定?确定无误?"

"确定无误。他们甚至帮我转接到地球，我直接和康威汇报了。这件事情已经搞定。"

"那一切都尘埃落定了。"大块头开心地欢呼，"地球做好了准备，知道有关V形青蛙的真相。"

大卫笑了笑，但不予置评。

大块头说："大卫，还有件事。告诉我发生了什么，你是怎么挣脱它们的控制的？我的天哪！你到底怎么做到的？"

大卫说："所有事情我本来应该预料到的，好为大家省去许多不必要的麻烦。大块头，你还记得吗？那个声音后来说我们没办法威胁它们，也没办法诱哄它们。直到最后一刻，我才意识到，你和我早就应该明白的。"

"我早就应该明白？"大块头茫然地问。

"当然。在你看到第一只V形青蛙两分钟后，你发现生命和思想并非它们所想要的全部。在返回海面的途中，我曾告诉过你，金星上的植物储存氧分，金星动物从食物中获取氧分，因而无须呼吸。事实上，我也说过，它们可能摄入了太多氧分，因此才非常喜欢诸如碳氢化合物这样的低氧含量食物，比如车轴油脂。你还记得吗？"

大块头的双眼瞪大了。"当然。"

"只需想想它们多么渴望碳氢化合物，肯定就像小孩想要糖果一样。"

大块头再次回答:"当然。"

"那时,那些 V 形青蛙已经对我们进行了思想控制,但为了让我们一直被控制,它们必须集中精神。而我必须要做的就是分散它们的注意力,至少分散离我们的船最近、对我们的控制力最强的那些青蛙的注意力。所以,我将最明显的碳氢化合物扔了出去。"

"你扔的什么?大卫,别卖关子了。"

"我从急救柜里拿出一罐凡士林,打开盖子扔了出去。它是种纯净的碳氢化合物,比车轴油脂的含量更高。它们无法抵挡诱惑。虽然危险巨大,但它们依然无法抵挡碳氢化合物的诱惑。离罐子最近的那些青蛙潜水去追;其他离得较远的青蛙也产生了思想共鸣,注意力立刻转到了碳氢化合物上。它们没能继续控制我们,所以我能成功连线。事情就是这样。"

"好,"埃文斯说,"那这件事就结束了。"

"若是这么说,"大卫回答,"我一点儿也不确定。还有一些事……"

他转到一边,皱着眉,双唇紧闭,好似他已经说得太多。

穹顶在舷窗外闪烁着灿烂的光芒,大块头看到这一幕,心激动得怦怦直跳。他已经吃过东西,甚至打了个盹,情绪恢复了,像往常一样兴高采烈。卢·埃文斯已经从心灰意冷中恢复了很多。只有大卫的神情依然警惕。

大块头说:"大卫,我跟你讲,那些V形青蛙泄气了。你看,我们已经在海面上往回行驶了一百英里,但它们再也没来惹过我们。它们有吗?"

大卫回答:"我现在只想知道,为什么我们没有收到穹顶城市的回复。"

这一次轮到埃文斯皱起了眉头。"都这么长时间了,他们不应该没回复。"

大块头看看这个,又看看那个。"你们不会以为城市里出问题了吧?"

大卫挥手示意别出声。接收器里传来一个声音,低沉又快速。

"请报上身份。"

大卫回答:"这是科学理事会特别批准使用的潜水船'希尔达号',之前驶离了阿芙洛狄忒,现在正在返回。这里是大卫在操控和应答。"

"你还得等待。"

"请问为什么?"

"此刻闸门全都在使用中。"

埃文斯皱起眉低声说:"大卫,那不可能。"

大卫回答:"什么时候会有空闲的?如果有的话,告诉我位置，用超高频信号指引我到它附近。"

"你还得等等。"

连线依然通畅，但对方不再说话了。

大块头很愤怒："大卫，连线莫里斯理事，会起些作用。"

埃文斯犹豫地回答："莫里斯认为我是叛徒。大卫，他会不会觉得你和我是一伙的？"

"要是这样的话，"大卫说，"他肯定很想让我们进城。不，我觉得跟我说话的那人的思想也被控制了。"

埃文斯说："是为了阻止我们进城？你是认真的？"

"我很认真。"

"从长远看，他们没办法阻止我们进入，除非……"埃文斯脸色变得苍白，大跨两步，快速走到舷窗处。"大卫，你说得对！他们正架起爆能大炮，要把我们从水里炸飞。"

大块头也来到舷窗前。事实确实如此。穹顶的一部分已经被移到一旁，从水面看去有些不真切，里面有条粗矮的管道。

大块头极度惊恐地看着炮口降低，瞄准他们。"希尔达号"手无寸铁，无法快速躲闪，避开炮弹的轰炸。他们三人必死无疑。

15

敌人？

一想到即将来临的毁灭，大块头就心惊胆战，但他听见大卫用平稳有力的声音对着发射器说：

"潜水船'希尔达号'载着石油即将到达……潜水船'希尔达号'载着石油即将到达……潜水船'希尔达号'……"

另一头传来一个激动的声音。"我是负责闸门控制的克莱门特·赫伯。出什么事了？再次重复，出什么事了？克莱门特·赫伯……"

大块头大喊："大卫，他们正在撤走爆能大炮。"

大卫长舒了一口气，透露出他之前有些紧张。他冲着发射器说："潜水船'希尔达号'请求进入阿芙洛狄忒。请指定气闸。

再次重复，请指定气闸。"

"你们可以从第十五号气闸进来。请按照指示信号行动。这里似乎有点混乱。"

大卫站起来对埃文斯说："卢，你来操控，尽快让船进入城市。"他向大块头打手势，让他跟自己去另一个房间。

"什么……什么……"大块头噼里啪啦说个不停，像支漏了水的玩具水枪。

大卫叹了口气说："我觉得那些 V 形青蛙会努力将我们挡在外面，我已经完全做好了应对准备，所以才使用了假称运送石油的诡计。但我没料到事情糟糕到如此程度，它们居然用大炮瞄准我们。情况真的很艰难，但我确定用石油行得通。"

"怎么办到的？"

"还是因为碳氢化合物。石油是碳氢化合物。我的话从公共无线电频道里传出，那些控制着穹顶守卫的 V 形青蛙的注意力被分散了。"

"它们怎么知道石油是什么？"

"大块头，我用想象力在脑海里将它描绘了出来。你知道的，当你说话的时候在脑海中勾勒出画面，它们就能读懂你的想法。"

"先别管这个。"大块头的声音降低成耳语，"如果它们准备把我们从海洋里炸飞，如果它们准备好面对如此残酷的暴力场面，那它们必定准备孤注一掷了，而我们也得孤注一掷。那我们就必须马上结束这一切，必须采取正确的行动。眼下，若犯个错会很致命。"

大卫从衬衫口袋里掏出一个画线器，在一张锡箔纸上飞快写字。

他把它递给大块头。"一会儿我下达命令时，你就这么做。"

大块头的双眼瞪大了。"大卫，可是……"

"嘘！千万别说出来。"

大块头点了点头。"但你确定这能管用？"

"但愿如此。"大卫英俊的脸焦虑不堪，憔悴不已，"地球已经知道 V 形青蛙了，所以它们永远赢不了人类，但可能仍会在金星上为所欲为。我们必须想方设法阻止。现在你明白该怎么做了吗？"

"是的。"

"万一……"大卫将锡箔纸卷起来，用力揉搓成小球，放回衬衫口袋里。

卢·埃文斯大喊："大卫，我们进入气闸了，五分钟后就会进城。"

大卫回答："好。连线莫里斯。"

他们再次进入了科学理事会在阿芙洛狄忒的总部，大块头觉得他们回到了原来那个房间,就是他第一次见卢·埃文斯,也是第一次看见那只 V 形青蛙的房间。一想到那些精神触须第一次在他不知情的情况下侵入了自己的大脑,他就不寒而栗。

但这个房间有一点不一样了,那个水族箱不见了,那几盘豌豆也不见了,只剩下那张高桌子孤零零地站在盲窗前。

他们刚进入房间,莫里斯就默默地指出了房间的变化。他那丰满的脸颊耷拉下来,眼睛里流露出紧张的神色。他那短粗的手跟大卫和大块头握手的时候,有些不稳。

大块头将随身携带的东西小心地放在桌子上面。"凡士林。"他说。

卢·埃文斯坐下来,大卫也坐了下来。

莫里斯没有坐。他说:"我将大楼里的 V 形青蛙都移走了。我只能做这么多。我不能毫无理由就要求居民们抛弃他们的宠物。显然,我给不出理由。"

"这就够了。"大卫说,"但在我们交谈过程中,我希望你的双眼一直盯着那个碳氢化合物,把它的存在牢牢地记在你的脑海里。"

"你觉得这会有用?"莫里斯问。

"我认为有用。"

莫里斯立刻在大卫面前停下脚步。他的声音突然变得狂暴。"斯塔尔,我不相信此事。那些 V 形青蛙在城市里已经多年,几乎从城市修建好后就一直存在。"

"你还记得……"

"那我也被控制了?"莫里斯脸红起来,"绝对不是,我否认。"

"莫里斯博士,这没什么丢脸的。"大卫爽快地说,"埃文斯被控制了很多天,大块头和我也被控制过。老实说,你的想法被不断地挖掘和读取,你不可能毫无察觉。"

"但你没有证据可以证明,先不说这个。"莫里斯语气激烈,"假设你说得对,问题是,我们能做什么?我们怎么与它们战斗?派人去与它们抗争是徒劳。如果我们派一支舰队从太空中炮击金星,它们可能会强行打开穹顶水闸,为了复仇而将金星上的所有城市都淹没。总之,我们永远无法杀死金星上所有的 V 形青蛙。在金星上,有八亿立方英里的海洋可供它们躲藏,如果它们愿意,还能快速繁殖。我承认,现在你很有必要向地球汇报,但我们依然面临着许多重大问题。"

"你说得对,"大卫表示赞同,"但问题就在于,我没有告诉地球所有的一切。我要等我确定自己知道真相了,才能告诉他们。我……"

对讲机的信号灯亮起,莫里斯咆哮:"什么事?"

"先生,我是莱曼·特纳,来赴约。"对方回答。

"等等。"莫里斯转向大卫,低声问,"你确定我们要让他加入谈话？"

"你的任务是加强城市内部的石棉水泥板屏障，对吗？"

"是的，但……"

"特纳是个受害者，证据似乎很明显。除了我们自己外，他也是名位高权重的官员，确实是我们身边的一名高官。我认为，我们需要见见他。"

莫里斯冲对讲机说："让他上来。"

特纳进入房间的时候，瘦削的脸和鹰钩鼻好像一副面具，露出疑惑的表情。房间里一片沉默，其他人都盯着他看，虽然他并不是一个敏感的人，也觉得有种不祥的预感。

他将电脑箱砰的一声放到地板上。"先生们，出什么事了？"

大卫缓慢而小心翼翼地将事件大致告诉了他。

特纳的薄嘴唇张开，无力地说："你是说，我的思想……"

"否则，控制室里的那人怎么知道将妨碍者阻挡在门外的确切方法呢？他没有技能，也没被培训过，但他用电子设备将自己完美地封锁起来。"

"这个问题，我从没思考过。我从没想到过。"特纳的声音变得含糊，"我怎么会没想过？"

"它们不想让你想起。"大卫回答。

"这让我觉得很羞愧。"

"特纳，大家都被控制过，我自己，莫里斯博士，埃文斯理事……"

"那我们该怎么办？"

大卫说："你来的时候，莫里斯也在问。这需要我们大家一起思考。我建议让你加入的原因之一是我们可能需要你的电脑。"

"天哪，但愿如此。"特纳热切地说，"如果我能做点什么以弥补……"他把手放在前额上，似乎害怕肩膀上的脑袋里植入了V形青蛙的思想。

他说："我们现在没被控制？"

埃文斯插嘴："只要我们将注意力聚焦在凡士林，就能不被控制。"

"我不明白。为什么这会有用？"

"确实有用。现在别问原因了。"大卫回答，"你来的时候我正有话要说，我现在想继续。"

大块头转身回到墙边，坐在之前放着水族箱的那张桌子上。他漫不经心地盯着那个打开的凡士林罐子，一边听他们交谈。

大卫说："我们确定哪些V形青蛙是真正的威胁了吗？"

"为什么这么问？那可是你提出的观点。"莫里斯很惊讶。

"是的。当然，它们是能控制人类的思想，但它们是真正的敌人吗？它们在思想上与地球人较量，并证明它们是强大的对手，但单个 V 形青蛙似乎相当缺乏智慧。"

"为什么这么说？"

"你养在这个地方的那只青蛙没有正确的判断力，不能很好地隐藏在我们的思想里。它对我们没有胡子感到惊讶，命令大块头给它喂蘸了车轴油脂的豌豆。这能算聪明吗？它立即暴露了自己。"

莫里斯耸了耸肩："也许不是所有的 V 形青蛙都很聪明。"

"事情可不止于此。我们在海洋表面的时候完全被它们控制，十分无助。因为我猜到一些事情，就向它们扔去一罐凡士林，成功将它们的注意力分散了。我要特意提醒你，当时它们的整个行动都处于紧要关头。它们得一直阻止我们将此事通知地球，却因一罐凡士林而毁于一旦。我们试图回到阿芙洛狄忒的时候，它们几乎成功阻止了我们，已经架起大炮瞄准我们，但我们仅仅提及石油就破坏了它们的计划。"

特纳在椅子上微微动了一下。"斯塔尔，我现在明白你说石油的作用了。所有人都知道 V 形青蛙渴望各种各样的油脂，极度强烈地渴望。"

"强烈到足够有智慧与地球人作战？特纳，你会为了一份牛排或巧克力蛋糕而放弃至关重要的胜利吗？"

"我当然不会，但这不能证明 V 形青蛙不会。"

"我同意，确实不能。对我们而言，V 形青蛙的思维是陌生的,所以我们不能认为对我们有用的东西就一定对它们有用。尽管如此,它们被碳氢化合物转移注意力的事情还是值得怀疑的。这是将V形青蛙比作了狗,而不是比作人。"

"哪方面?"莫里斯发问。

"你想一想,"大卫回答,"狗可以被训练来做很多看似很聪明的事情。一个之前从未见过或听说过狗的生物,在盲文发明前的日子里看见导盲犬给盲人主人带路,就会想知道到底是狗更聪明还是人更聪明。但如果他带着一根肉骨头从他们身边经过,发现狗的注意力立刻被转移了,他就会怀疑事情的真相。"

特纳暗淡的双眼几乎鼓了出来。"你是想说那些V形青蛙只是人类的工具?"

"特纳,难道不可能?正如莫里斯博士之前所言,V形青蛙已经在城市里存在了多年,但它们只是从几个月前才开始制造麻烦。一开始是制造一些小麻烦,比如一名男士在街上捐了钱。这似乎是有些人学会了利用V形青蛙天生的心灵感应能力,将他们的想法和命令强行植入到人类大脑里。这更像始作俑者在进行最初的试验,目的是了解他们的工具的本质和局限性,开发它们的控制能力,直到他们能熟练地利用这些工具做大事为止。他们的终极目标不再是酵母,而是想要更多,也许是控制太阳系联盟,甚至控制整个银河系。"

"我不相信。"莫里斯提出质疑。

"那我再给一条证据。我们在海里的时候,一个精神控制者的声音——假设是一只V形青蛙的声音——跟我们说话,试图强迫我们说出它想要的信息,然后让我们自杀。"

"那又怎么样呢?"

"那个声音是通过一只V形青蛙传出的,但它的源头可不是V形青蛙,而是一个人类。"

卢·埃文斯坐得笔直,满脸怀疑地盯着大卫。

大卫笑了笑。"就连卢都不相信,但事实就是如此。那个声音使用了一些奇怪的概念,比如用'闪闪发光的金属机器'替代'船'。我们应该认为这只V形青蛙不熟悉这些概念,而那个声音必须刺激我们的大脑去想象我们听到的东西。但之后,那个声音就暴露了。它说的话,我清楚地记得。我记得它说:'你那些同胞的生命会像火焰一样熄灭。生命之火必被扑灭,永不复燃。'"

莫里斯再次麻木地问:"又怎么样呢?"

"你还不明白吗?V形青蛙怎么会使用'火焰熄灭'或'永不复燃'这样的词?如果这个声音不是假装成对船这样的物体毫无概念的V形青蛙的声音,那它怎么会知道火呢?"

此刻,他们都明白过来,但大卫愤怒地继续说下去:"我们都知道,金星的大气是氮和二氧化碳,没有氧。任何东西都不能在金星的大气里燃烧,因此就不会有火焰。所有V形青蛙都绝无可能看到过火,都不知道火是什么。埃文斯承认,有些青蛙可能在城市的穹顶里看见过火,但就像不了解我们的潜水船一样,它们也不可能了解火的性质。在我看来,我们接收到的那些想法并非来源于V形青蛙,而是源自一个人,而这个人只是把青蛙当成控制我们思想的工具。"

"但那人是如何做到的?"特纳问。

"我也很想知道,"大卫回答,"但我不知道。当然,这需要头脑十分聪明的人才能做到。这个人必须非常了解神经系统的工作原理以及与之相关的电学现象。"大卫冷冷地看向莫里斯,"比如,专攻生物物理学的人。"

所有人都把目光转到这名驻金星的理事身上,莫里斯丰满的脸血色全无,灰白的胡子和苍白的脸色融为一体,几乎看不见了。

16

敌人！

莫里斯勉强说出："你是想……"他的声音变得嘶哑，停住了。

"我不是在确切指明始作俑者是谁，"大卫语气平静，"只是阐述自己的看法。"

莫里斯无助地四处张望，目光朝房间里剩下的四个人依次看去，四双眼睛紧紧盯着他。

他恼羞成怒："疯了，绝对疯了。我是第一个汇报这个……这个……金星上的麻烦的。尽管去总部找我的报告吧，上面有我的名字。那为什么我还要多此一举，让科学理事会介入呢？如果我……我的动机是什么？嗯？动机是什么？"

埃文斯理事看起来有些不自在，快速地看了一眼特纳。从这一举动，大块头猜测埃文斯不喜欢在外人面前与科学理事会成员争吵。

但埃文斯依然说："我终于明白莫里斯为什么要诋毁我了。我是个局外人，可能会无意中发现真相。当然，当时我已经发现了一部分真相。"

莫里斯喘着粗气："我否认。我从没做过。这一切都是你们串通好来针对我的阴谋，你们这些人最终都会遭到报应。我会讨回公道。"

"你是暗示自己想要一场科学理事会的内部审讯？"大卫问，"你想在全体中央理事召开会议前为自己辩护？"

当然，大卫说的是审判被指控背叛科学理事会和太阳系联盟的嫌疑犯的程序。在科学理事会的整个历史中，从来没有一个人经历过这样的审讯。

一提到审讯，莫里斯就完全没法控制自己的情绪了。他咆哮着站起来，向大卫猛扑过去。

大卫敏捷地缩起身子，跳过自己坐的那张椅子的扶手，同时快速向大块头打了个手势。

大块头一直等着这个信号。他按照"希尔达号"通过阿芙洛狄忒穹顶水闸时，大卫在甲板上下达的指令那样采取行动。

爆能枪响起。射击的距离很短，但电离射线在空气中留下一股臭氧的刺鼻气味。

一切都暂时静止了，所有人的动作都停止了。莫里斯头靠着翻倒的椅子，没有站起来。大块头依然站着，像一尊小雕像，爆能枪仍握在手里，好像在开枪过程中被冻住了一样。

射击目标被击毁，躺在地上变成了碎片。

卢·埃文斯先回过神来，但只是高声尖叫："天哪，到底……"

莱曼·特纳低声耳语："你做了什么？"

莫里斯喘着粗气，但什么也说不出来，只是默默地转动着眼睛望着大块头。

大卫说："大块头，好枪法。"大块头咧嘴笑了。

莱曼·特纳的黑色电脑箱躺在地上，碎成了许多块，而电脑也碎裂了。

特纳的声音响起："我的电脑！你这个蠢蛋！你干了什么？"

大卫的语气很严厉："特纳，我们只是做了该做的事。现在，所有人都保持安静。"

他转向莫里斯，扶着这个胖乎乎的理事站起来，然后说："莫里斯博士，我十分抱歉，但我得确保特纳的注意力完全被引开。为了达到目的，所以只能利用你。"

莫里斯回答："你是说你没怀疑过我犯……犯……"

"从未怀疑过，"大卫说，"从来没有。"

莫里斯后退一步，双眼充满激动和气愤。"斯塔尔，那你解释吧。"

大卫说："我怀疑V形青蛙背后有操纵者，但在召开这次会议之前，我从不敢告诉任何人。甚至给地球发送信息的时候，也不能说出来。显然，如果我说出来了，真正的敌人就会不顾一切地采取行动——比如真的让海水淹没其中一个城市——并将所有罪名都扣在我们头上。只要他不知道我在经过那只V形青蛙的时候起了疑心，我就有希望能拖延些时间，最多只有我自己和我的朋友们被杀死。

"在这次会议上我能说出来，是因为我相信被怀疑的那人也会出席。然而，尽管有石油的存在，在准备充分之前，我不敢采取行动对付他，因为害怕他会控制我们，害怕他之后会做出一系列极端的行为。我得先完全转移他的注意力，以确保至少有那么几秒他的注意力集中在我们故意制造的活动上，没能通过V形青蛙来探测我和大块头可能泄露出来的强烈情感。的确，大楼里的V形青蛙都被转移走了，但他很可能可以在城市的其他地方利用那些V形青蛙，正如他在距阿芙洛狄忒几英里的海洋表面使用的那样。

"莫里斯博士，为了转移他的注意力，我就指控了你。我不能事先通知你，因为我想要你展现出真实的情感——你的反应确实很真实，棒极了。我需要的正是你对我发起攻击。"

莫里斯从一个袖袋里抽出一块大手帕，擦着前额亮闪闪的汗迹。"大卫，这一举动太莽撞了，但我理解。特纳就是操纵者？"

"是他。"大卫回答。

特纳跪在地上，在那堆碎片中摸索着。他抬起充满仇恨的双眼。"你毁了我的电脑。"

"我怀疑这不是台电脑，"大卫说，"而是一个与你形影不离的伴侣。我第一次见你的时候，你就带着它。你说你正用它计算城市内部隔板阻挡海水的强度。想必你现在带着是为了在与莫里斯博士讨论的过程中，也用它来计算这些内部隔板的承压极限。"

大卫停了一下，然后语气十分冷静地说："但海水威胁城市后的那个早上，我去你的公寓见你，我只打算问你几个问题，根本无须计算，这一点你也很清楚，但你还是随身携带了电脑。你不能将它留在隔壁房间，必须放在自己身边，为什么？"

特纳很绝望："它是我自己制造的，我很喜欢，所以一直带在身边。"

"我敢断定它约有二十五磅重。即便喜爱，那也太重了。难道不是因为它是你一直用来和V形青蛙保持联系的设备？"

"你要怎么证明？"特纳反驳，"你之前说过，我也是个受害者，这里的所有人都可以做证。"

"是的，"大卫说，"尽管缺乏经验，但却巧妙地将自己封锁在穹顶水闸的控制室内的那人是从你那里获取的信息。但这些信息是他从你的脑袋里偷走的，还是你自己故意植入他的大脑里的呢？"

莫里斯气愤地说："大卫，我来直接询问吧。特纳，你到底对最近频发的思想控制事故负有责任吗？"

"我当然没有。"特纳大喊，"你不能光凭一个傻小子的一面之词就相信了，他以为自己是科学理事会的一员，就能猜到真相，而且猜得很准。"

大卫问："特纳，告诉我，你还记得那晚那个人坐在穹顶里的一间水闸室内，手握控制杆吗？你还记得清楚吗？"

"相当清楚。"

"你还记得你走过来告诉我，说如果那些水闸被打开了，内部的石棉水泥屏障抵挡不住海水的压力，整个阿芙洛狄忒都会被淹没吗？你相当害怕，几乎惊慌失措。"

"没错，我很恐慌，现在也是。这确实令人恐慌。"他噘起嘴唇补充，"我又不是勇敢的大卫。"

大卫对他的讥讽置之不理。"你告诉我这个消息，就是为了让当时已经足够混乱的现场变得更加混乱，以争取时间，好让你操控着卢·埃文斯逃出城去，以便在海里稳妥地将他杀死，对吗？埃文斯很难应付，而且他知道太多与V形青蛙相关的内幕。也许你也想将我从阿芙洛狄忒吓走，让我离开金星。"

特纳说："这些推断真荒谬。内部屏障确实不足以抵挡海水压力。你问问莫里斯，他已经看过我的图表。"

莫里斯很不情愿地点了点头。"恐怕这点，特纳说的是真的。"

"没关系，"大卫说，"姑且这样吧。确实有危险，特纳才有理由惊慌失措……特纳，你刚结婚？"

特纳的目光不安地瞟了大卫的脸一眼，又移开了。"和这有关系吗？"

"你的妻子很美丽，也比你年轻很多。你刚结婚不到一年。"

"你想证明什么？"

"你深爱着她，为了取悦她，你们刚结婚后就立即搬进一套昂贵的公寓；尽管你们喜好不同，但你依然允许她按照自己的喜好来装饰房子。当然，你不会忽视她的安全，对吗？"

"我听不明白。你到底想说什么？"

"我知道你明白。那一次我去拜访你，你妻子告诉我，事发的那晚她完全睡过去了。对此，她似乎很失望。她也告诉我你们居住的公寓有多好。她说甚至还拥有'密室'。可惜我当时没明白过来，否则我当时可能就想到了真相。后来在海底，卢·埃文斯偶然间提到那些密室，告诉我它们的用途的时候，我才恍然大悟。'密室'是在金星震动破坏城市穹顶之时，用来抵御海洋的全部力量而建造的特殊庇护所。你现在知道我在说什么了吗？"

特纳沉默不语。

大卫继续说："如果那晚你真的那么害怕全城发生灾难，那你为什么不担心你的妻子呢？你想到了救人，想到了逃离城市，难道你从没考虑过你妻子的安全？她的公寓地下室里有'密室'，只需要两分钟，你只需呼叫她，提前告诉她一声，她就会脱离危险。但你没有，你让她睡着了。"

特纳含糊地说着什么。

大卫说："别说你忘了，这根本不可信。你可能会忘记一切，但绝不会忘记自己妻子的安全。我来给出合理的解释吧。你一点儿都不担心你妻子，因为你知道她根本没有危险，因为你知道穹顶水闸室里的那人永远不会将闸门打开。"大卫的声音变得严厉又气愤，"你知道穹顶闸门不会被打开，因为你就是对水闸室里的那人进行思想操控的幕后黑手。正是你对你妻子的这份深爱让你暴露了。你不忍心为了让自己的虚假行动显得更逼真而去打扰她睡觉。"

特纳突然说："没有律师我什么也不会说。你所讲的这一切并不是证据，只是猜测。"

大卫说："但这足以让科学理事会展开全面调查……莫里斯博士，你能把他收押起来，派人监守着他飞往地球吗？大块头和我都会一路同行，确保他安全到达地球。"

再次回到宾馆，大块头担忧地说："天哪，大卫，我不知道我们要怎么找到控告特纳的证据。你的推论听起来很让人信服，但仅此而已，这不是法律证据。"

自从和大块头一起穿过金星的云层，吃过一顿温暖的酵母餐点后，大卫第一次能放松下来。他说："我认为科学理事会的主要兴趣并不在法律证据上，也对处决特纳没那么有兴趣。"

"大卫！为什么不？那家伙……"

"我知道。他是谋杀犯，多次杀人，又有独裁的野心，所以是个叛徒。但更重要的是，他创造了一种天才作品。"

大块头问："你说的是他的机器？"

"正是。我们摧毁了唯一存在的那一台，可能将来需要他再造一台。还有许多问题，我们都没找到答案。他具体是如何引导那些V形青蛙，告诉它们每一道程序，命令它们养大了那个巨大斑块的？或者，他只是简单下令'杀死埃文斯'，然后让那些V形青蛙像训练有素的导盲犬一样，以它们认为最好的方法去执行？"

"而且，你能想象这样的机器能用来做什么吗？它可能为我们提供一种治疗精神疾病的全新方法，一种打击犯罪冲动的新方法。可以想象得到，它甚至会在未来用于阻止战争，或我们被迫迎战的时候能快速而不流血地打败地球上的那些敌人。"

这样的机器在野心勃勃、心术不正的人手里很危险，但在科学理事会手里却助益颇多，十分有用。"

大块头问："你觉得科学理事会能说服他，让他制造出另一台机器？"

"我觉得会，但肯定有充分的防护措施。如果我们赦免他，给他机会改过自新，而不是将他终身监禁且让他再也见不到自己的妻子，我想他会答应的。当然，这台机器的第一个用途就是调查特纳自己的想法，帮助治愈他对权力的不正常欲望，为服务人类保留一颗一流的大脑。"

第二天他们就将离开金星，再次前往地球。大卫有些思乡，愉快地想起地球美丽的蓝天，野外的空气，天然的食物，天空和陆地上的生命。他说："大块头，记住，处决一名罪犯以'保护社会'很容易，但那些受害者也无法复活。反过来，如果能治好他，用他来让社会的生活更美好，那我们就取得了很大的成就！"